초판 1쇄 발행 | 2025년 11월 20일

지은이 | 앨릭스 채(Alex Chae)
펴낸이 | 박영욱
펴낸곳 | 북오션

주 소 | 서울시 마포구 월드컵로 14길 62 북오션빌딩
이메일 | bookocean@naver.com
네이버블로그 | blog.naver.com/bookocean_rabbit
페이스북 | facebook.com/bookocean.book
인스타그램1 | instagram.com/bookocean777
인스타그램2 | instagram.com/supr_lady_2008
X | x.com/b00k_0cean
틱톡 | www.tiktok.com/@book_ocean17
유튜브 | 쏠쏠TV·쏠쏠라이프TV
전 화 | 편집문의: 02-325-9172 영업문의: 02-322-6709
팩 스 | 02-3143-3964

출판신고번호 | 제 2007-000197호

ISBN 978-89-6799-910-0(03810)

*이 책은 (주)북오션이 저작권자와의 계약에 따라 발행한 것이므로 내용의 일부 또는 전부를 이용하려면 반드시 북오션의 서면 동의를 받아야 합니다.
*책값은 뒤표지에 있습니다.
*잘못 만들어진 책은 구입하신 서점에서 교환해 드립니다.

어른과 어린이
모두를 위한
힐링동화

앨릭스 채 Alex Chae 지음

여행을 떠난 집오리
더키

북오션

파일럿이 된 집오리
(Pilot Duckey)

최고의 장면을 찾아서

차례

1부

첫 번째 이야기: 집오리의 꿈

#1 다리가 긴 몽상가 오리 … 9
#2 위대한 알바트로스 … 13
#3 호박벌의 응원 … 19
#4 세상에서 가장 성공한 새: 투자자 독수리 … 23

두 번째 이야기: 집오리의 비행

#5 세상에서 가장 화려한 곳, 데스카다: 유명인 팔색조 … 30
#6 세상에서 가장 높은 곳, 샹그릴라: 탐험가 기러기 … 38
#7 세상에서 가장 아름다운 풍경: 유포리아의 펭귄 … 44
#8 세상에서 가장 깊은 사랑: 아메라의 파랑새 … 53
#9 세상에서 가장 아름다운 새: 핑크 마리나의 플라밍고 … 61
#10 세상에서 가장 위대한 성취: 몽생미셸의 폭군 수리부엉이 … 69
#11 세상에서 가장 험난한 고난의 시작 … 76

세 번째 이야기: 최고의 장면

#12 세상에서 가장 소중한 친구: 호박벌 이야기 … 83

#13 함께 한 여행의 끝 … 89

#14 최고의 장면 … 93

에필로그

1 진정한 사랑 – What makes it true love … 100

2 나의 가장 아름다운 빈집 – Full of reminiscences … 103

3 끝나지 않은 가능성의 이야기 – The rest is still unwritten … 104

4 또 다른 시작 – Ending unplanned … 105

첫 번째 이야기

집오리의 꿈

#1 다리가 긴 몽상가 오리

어느 작은 농장에 귀여운 집오리들이 태어났습니다. 온몸이 노란 솜털로 덮인 귀여운 오리들 중에서도 다리가 유난히 긴 새끼 오리 한 마리가 있었습니다. 새끼 오리들은 태어나자마자 엄마 오리 뒤를 졸졸 따라다니면서 헤엄치는 법을 배웠고, 그중 다리가 긴 새끼 오리는 누구보다도 헤엄을 잘 쳤습니다. 다리 긴 오리는 자라면서 다른 오리들보다 조금 더 빠르게 눈처럼 새하얀 털을 가지게 되었습니다. 그리고 엄마 오리보다 빠르게 헤엄치며 형제 오리들과 친구 오리들의 부러움을 샀습니다.

엄마 오리는 다리 긴 오리를 유난히 아꼈지만, 한편으론 걱정도 많았습니다. 왜냐하면 이 특별한 새끼 오리는 다른 오리들보다 호기

심이 유난히 많은 탓에 자주 호숫가에서 벗어나 숲속 여기저기를 혼자 돌아다니는 것을 좋아했기 때문입니다. 엄마 오리는 다리 긴 오리가 아빠 오리처럼 금방 화려한 도시로 훌쩍 떠나가버릴까 걱정이 되었습니다. 그래서 다리 긴 오리에게 '더키(Duckey)'라는 이름을 붙여주며 남들처럼 평범한 오리가 되길 바랐습니다. 가난했던 엄마 오리는 더키가 먹이를 가장 잘 잡는 오리가 되어, 가난에서 벗어나 훌륭한 오리로 성장하길 바랐습니다.

하지만 더키는 꿈이 너무 많은 오리였습니다. 더키는 엄마와 호숫가에 머물면서 먹이를 잡고, 형제 오리들과 학교에 가서 헤엄을 배우는 일상이 따분하게 느껴졌습니다. 더키는 푸른 하늘을 자유롭게 날아다니는 새들을 보며 늘 생각했습니다. '왜 나는 저 새들처럼 날 수 없을까? 내가 날기 위해 노력하면 저 새들처럼 날 수 있을까? 내가 날 수만 있다면 원하는 곳 어디든 갈 수 있을 텐데.' 더키는 헤엄 연습도 하지 않고 호숫가에 앉아 골똘히 생각에 잠겼습니다.

어느 날 더키는 엄마 오리에게 자신도 하늘을 날고 싶다고 말했습니다. 하지만 엄마 오리는 어두운 표정으로 단호하게 말했습니다.

"너는 집오리여서 날 수 없는 몸을 가졌단다. 헤엄을 쳐야 오래 살 수 있어. 다른 날 수 있는 새들과 야생 오리들을 보며 환상을 먹고 자라면 네 마음이 고통스러울 거란다. 네가 살 수 있는 삶 속에서 최선을 다하는 게 가장 아름다운 오리의 삶이란다."

옆에서 듣고 있던 형제 오리들은 다리 긴 몽상가 오리를 늘 못마땅하게 여겼기에 옆에서 한마디씩 덧붙였습니다.

"그래 더키야. 꿈도 좋지만 책임과 사랑을 좇는 오리가 되렴. 허황된 꿈으로 네가 받는 기대를 저버린다면 너의 가족들의 마음이 아프단다."

더키는 형제 오리들의 말에 상처받았지만 내색하지 않았습니다. 대신 더키는 속으로 생각했습니다. '하지만 나는 이미 너무 많은 꿈을 꿔버렸는걸. 만약 내가 어떻게든 날 수 있다면? 저 하늘 너머의 세상에 도착한다면? 내가 보지 못한 것들을 경험한다면? 무언가 더 훌륭한 일들을 이룰 수 있지 않을까?'

#2 위대한 알바트로스

더키는 높이 날기 위해 호숫가에서 연습을 시작했습니다. 더키는 날개를 아주 강하게 펄럭이며, 호수 건너편을 향해 있는 힘껏 몸을 던져 날아보았습니다. 하지만 호수의 중간도 가지 못해서 추락하기 일쑤였습니다. 시간이 지나도 나아지는 것은 전혀 없었습니다.

마음이 많이 상한 더키는 또다시 긴 다리로 숲속을 걷기 시작했습니다. 깊은 숲속에는 날개가 부러져 더 이상 날 수 없는 나이가 많은 알바트로스가 살고 있었는데, 더키는 그를 꼭 만나고 싶었습니다. 많은 새들이 고민에 빠질 때 이 위대한 알바트로스를 찾아가서 지혜를 얻곤 했기 때문입니다.

더키는 높이 날 수 없기에 한참을 걸어서야 겨우 알바트로스가 살고 있는 어두운 동굴에 도착할 수 있었습니다. 처음 그를 봤을 때 더키는 너무 놀라고 말았습니다. 더키처럼 온몸의 털이 새하얗고 부리가 샛노랬지만, 새까만 그의 날개는 더키 날개의 열 배도 넘게 컸습니다. 더키가 오들오들 떨면서 들어오자 알바트로스는 맑고 큰 눈으로 인자하게 웃으며 말했습니다.

"너는 집오리구나. 집오리가 여긴 어쩐 일로 찾아왔니?"

"안녕하세요, 알바트로스 씨, 제 이름은 더키예요. 당신이 세상에서 가장 빨리, 가장 멀리, 그리고 가장 높이 나는 위대한 새라고 들었어요. 저는 당신에게 얻고 싶은 지혜가 있어서 찾아왔어요."

"내가 가장 빨리, 가장 멀리, 가장 높이 날 수 있었던 이유는 상승하는 바람을 타고 날기 때문이지, 내가 훌륭해서 그런 건 아니란다. 내가 바다에서 몇 년씩 날아도 지치지 않을 수 있었던 이유는 좋은 조건과 환경을 선택해서 날아왔기 때문이야. 내가 위대해서 그런 것은 아니란다."

"그럼 저도 상승하는 바람을 타면 날 수 있을까요?"

"그건 나의 방식이기 때문에 너에게는 맞지 않을 거야. 너도 많은 우연과 시도 속에서 너만의 방식을 발견해야겠지. 그런데 집오리야, 너는 왜 하늘을 날고 싶은 거니?"

"모르겠어요. 저는 항상 하늘의 새들을 보면 날고 싶었어요. 날갯짓을 마음껏 뽐내며 호숫가 위로 끝없이 날아오르는 야생 오리들처럼요. 하늘을 날면 제가 보지 못한 것들을 볼 수 있게 되고, 제가 세상에서 이룰 수 있는 멋진 무언가를 발견해낼 수 있지 않을까요? 단순히 하늘을 비행하는 것 이상으로요."

"너는 특별한 영혼을 가진 새 같구나. 새로운 경험을 하고자 하는 용기는 특별한 거란다. 가장 많은 경험을 한 새가 가장 멋진 세상을 볼 수 있고, 가장 멋진 꿈을 꿀 수 있지."

알바트로스는 따뜻한 미소를 보이며 말했습니다.

"하지만 저는 늘 마음이 아파요. 엄마와 선생님 오리는 늘 저를 걱정해요. 아빠 오리가 저를 떠났기 때문에 제 마음이 공허해서 그런 거라구요. 저의 형제 오리들과 친구들은 늘 제가 절대 날 수 없을 거라고 말해요."

"결핍이 있다는 건 특별한 거란다. 모든 동기는 결핍에서 비롯되지. 영원한 결핍을 가진 새만이 영원한 꿈을 꿀 수 있단다. 형제와 친구 오리들은 결핍을 채우고자 하는 너의 용기를 질투하는 거야. 네가 어떤 멋진 일을 해도 상관없다면, 그들은 너에게 아무 말도 하지 않았을 거야. 그래도 네 마음이 계속 힘들다면, 마음 한편에 빈집을 지어두렴."

"마음속의 빈집이요?"

"그래. 네가 살지 않는 마음속의 빈집. 그 안에 네가 받은 상처를 너의 추억들과 함께 채워놓으렴. 언젠가 성장한 네가 그 빈집을 다시 들여다본다면, 모든 게 쉽고 유쾌하게 용서될 거야. 보물처럼 아름다운 기억들과 함께 말이지."

알바트로스와의 대화는 더키에게 큰 위로가 되었습니다. 자신의 말을 끈기 있게 들어주며 할 수 있다고 말해주는 어른 새는 처음이었기 때문입니다.

"알바트로스 씨, 당신은 세상 모든 곳을 날아다녔기 때문에 제가 원하는 게 무엇인지 이미 알고 있지 않나요?"

"난 더 이상 날 수 없지만, 예전에는 나도 너처럼 무언가 위대한 한 가지를 간절히 이루고 싶었을 때가 있었지. 나는 세상의 그 어떤 새들보다 더 빠르게, 더 멀리, 더 높이 날고 싶은 꿈이 있었어. 그 꿈을 이루면 가장 위대한 새로서 살아가게 될 거라고 믿었지. 하지만 지금의 나를 살아가게 하는 건 내가 이룬 꿈이 아니란다."

알바트로스는 궁금함에 눈이 초롱초롱해진 더키를 보며 행복한 표정을 지으며 말했습니다.

"지금의 나를 살아가게 하는 건 수많은 새들의 존경, 그리고 '최고의 장면'이란다."

"최고의 장면이 무엇인가요? 그건 꿈과 사랑 같은 건가요? 저는 사랑이 뭔지 모르지만 꿈이 뭔진 알아요. 지금 당장의 제 꿈은 하늘을 날아 세상의 모든 곳을 가보는 거예요."

"음…, 최고의 장면이 무엇인지 말해줄 수는 있지만, 그럼 네가 빨리 흥미를 잃고 실망할 거야. 그리고 새들마다 최고의 장면은 모두 다르단다. 너도 날게 된다면, 너의 최고의 장면을 보게 될 거야. 그건 꿈이나 사랑과 같이 하나로 규정되는 가치는 아니란다. 꿈과 사랑을 넘어서는 강렬하고 더 큰 무엇이지."

더키의 가슴은 어떤 때보다 쿵쾅대며 뛰기 시작했습니다.

"저도 하늘을 날아서 당신처럼 최고의 장면을 하루빨리 보고 싶어요. 그럼 제 마음의 결핍은 영원히 충족될 수 있을 것만 같아요."

"최고의 장면은 모두가 다 볼 수 있는 건 아니야. 모든 위험을 무릅쓰고 모험을 결심한 새들에게, 세상이 보여주는 큰 호의란다. 네가 정말로 원한다면 세상에서 가장 성공한 새인 독수리를 찾아가보렴. 그는 늘 모든 문제에 대한 해결방안을 갖고 있지. 아주 똑똑한 새이기 때문에 네가 날 수 있는 방법을 알려줄 거야."

#3 호박벌의 응원

더키는 알바트로스의 동굴을 나와 어느 때보다 힘찬 걸음으로 걸었습니다. '알바트로스가 말하는 꿈과 사랑을 넘어서는 최고의 장면은 무엇일까?' 더키는 호숫가의 집으로 돌아가는 길 내내 골똘히 생각하느라, 그만 길을 잘못 들어 한없이 샛노란 유채꽃이 피어 있는 꽃밭에 도착했습니다. 유채꽃잎만큼 샛노란 줄무늬를 가지고 있는 호박벌이 꿀을 맛있게 먹고 있었습니다. 입에는 꿀을 한가득 묻힌 채, 작은 날개를 끝없이 팔랑대며 꿀을 먹는 호박벌의 모습은 너무나도 행복해 보였습니다.

"와! 너는 정말 꿀을 좋아하는구나? 지켜보는 나까지 행복해지는걸?"

"당신은 집오리군요? 저는 호박벌이에요. 당신은 이곳까지 어쩐 일로 오게 된 건가요? 집오리들은 유채꽃밭에 잘 오지 않거든요."

"나는 날고자 하는 꿈을 이루기 위해 알바트로스를 찾아왔다가, 길을 잠시 잃었단다. 나는 알바트로스가 말해준 최고의 장면을 찾아 여행을 떠나려고 해."

"날고 싶은 집오리라니! 너무 멋진걸요? 저는 사실 스스로 날고자 했기 때문에 날 수 있는 호박벌이에요. 우리 엄마는 내가 어렸을 때 날 수 없다고 생각했어요. 날개가 너무 작았거든요. 하지만 그 누구보다 빠른 날갯짓을 해서 날 수 있게 되었어요. 비록 다른 동료 호박벌들처럼 잘 날지는 못하지만요."

"날고자 하기 때문에 날 수 있다니. 너는 정말 멋진 호박벌이구나. 너는 꿈이 있니?"

"다른 호박벌들은 평생 동안 쉬지 않고 높고 화려한 곳에 집을 지으면서 명예롭게 산답니다. 하지만 어차피 저는 잘 날 수 없어서, 조금은 다른 특별한 꿈을 가지고 있어요. 저는 세상의 이런저런 다양한 꿀을 먹어보고 싶어요. 이 유채꽃밭도 5월의 꿀은 정말 맛있긴 하지만, 저는 세상에 더 맛있고 다양하고 신선한 꿀이 존재한다는 얘기를 나비에게 들어본 적이 있어요. 꿀은 제 영원한 행복이거든요."

"너는 영원하다는 말을 믿니?"

"그럼요. 제게 이 유채꽃밭의 5월의 꿀은 영원히 맛있을 거예요. 비 온 뒤의 형형색색의 무지개는 영원히 아름다울 거구요."

더키는 호박벌의 말들이 재밌게 들렸습니다.

"호박벌아, 만약 내가 날 수 있게 되어 너와 함께 최고의 장면을 찾아 여행을 다닌다면 재밌을 거야."

"그럼요! 당신은 반드시 날 수 있어요. 난 당신이 특별하다는 걸 느낄 수 있는걸요. 내가 당신을 도와줄게요. 당신이 높이 날게 된다면 난 당신과 세상의 모든 멋진 경험을 하고 싶어요. 세상의 모든 신선한 꿀을 먹으면서요."

더키에게는 힘이 되는 동반자가 생겼습니다. 더키는 호박벌과 함께 호숫가로 내려와 엄마 오리를 찾아갔습니다.

"엄마, 저는 최고의 장면을 찾기 위해 떠날 거예요. 꿈과 사랑을 넘어서는 무언가를 꼭 찾아서 돌아올게요!"

#4 세상에서 가장 성공한 새: 투자자 독수리

　　더키와 호박벌은 함께 알바트로스가 소개해준 독수리를 찾아가기로 했습니다. 독수리는 뉴카다(Newkada)라는 화려한 도시의 가장 높은 곳에 집을 짓고 살고 있었습니다. 호박벌과 더키는 잘 날지 못해서 며칠을 걸어야 했습니다.

　　고생 끝에 더키는 드디어 독수리를 만날 수 있었습니다. 독수리는 알바트로스처럼 크지 않았지만, 아주 매서운 눈과 뾰족한 부리를 가지고 있었습니다. 독수리의 깃털들은 갈색으로 윤이 나게 빛났습니다. 아주 비싸고 멋진 머플러를 한 독수리는 자신감에 가득 차 보였습니다.

　　"안녕하세요, 독수리 씨? 저는 더키라고 해요."

"오호! 너는 집오리가 아니니? 나는 세상에서 가장 성공한 새, 독수리란다. 집오리가 여긴 어쩐 일이니?"

"저는 알바트로스 씨로부터 당신에 대해 듣고 찾아왔어요."

"알바트로스가 소개해주었다니. 그래, 너는 명문 집오리 학교를 졸업했겠구나? 아버지는 무얼 하시니? 너는 마을에서 유명한 오리니?"

더키는 우물쭈물하며 대답할 타이밍을 놓쳤습니다. 독수리는 더키의 보잘것없는 행색을 한참 동안 매서운 눈으로 쳐다보았습니다.

"음…, 너는 아직 청년 오리이니 대답하지 않아도 괜찮다. 물론 나는 네 나이 때 훨씬 훌륭했지만. 에헴. 내 인생에는 실패가 없었지."

"너무 멋진걸요! 저는 날고 싶지만 비행에 항상 실패만 했거든요. 저는 아직 날고 싶은 제 꿈을 이루지 못했어요. 그렇지만 저는 제 이야기를 사랑해요."

"너 혼자 네 이야기를 사랑하는 건 의미가 없어. 모두가 좋아하고 부러워해야 의미가 있지. 모든 새들이 내 성공을 부러워하는 것처럼 말이야. 에헴. 무언가 훌륭한 것을 이루고 싶다면 나처럼 늘 좋은 선택을 하고, 좋은 인맥이 있어야 한단다."

독수리는 한참 동안 자랑을 늘어놓았습니다. 가장 좋은 독수리 비행 학교를 1등으로 졸업한 독수리는 세상을 냉철하게 보는 눈으로 투자하는 독수리가 되어 큰돈을 벌고 있었습니다. 독수리는 한참을 자신에 대해 말하다가 더키를 유심히 바라보았습니다.

"음…, 너는 용감하고 똑똑해 보이는구나. 그래서 알바트로스가 추천해준 걸 테지? 하지만 너는 날고 싶다고 했지만 집오리는 날 수가 없어."

더키와 호박벌의 표정은 어두워졌습니다.

"하지만 제가 날 수 있어야만 최고의 장면을 찾을 수 있는걸요. 알바트로스가 가르쳐줬어요. 꿈과 사랑을 넘어서는 무언가라구요. 제 꿈은 하늘을 날아다니며 최고의 장면을 찾는 거예요."

"그렇지만 비행을 할 수 있는 방법은 많지. 그래, 세상을 날아다닐 수 있는 방법은 많아. 네가 진부한 사고 방식만 깬다면 말이야. 태생적으로 선택받지 못했다고 해서 날 수 없는 건 불공평한 일이지. 어디 보자…."

독수리는 큰 서류 더미를 한참 동안 뒤적였습니다.

"그래! 이게 좋겠군. 너는 용감하고 똑똑해 보이니까 네게 이 경비행기를 사줄게."

"경비행기요?"

"그래, 이 경비행기를 잘 조종하면 넌 어디든 날아갈 수 있지. 이건 매우 비싼 물건이야."

"하지만 저는 충분한 돈이 없는걸요."

"그럼 너의 이야기를 나에게 팔렴. 네 이야기가 돈이 된다면 더 좋은 경비행기를 사줄 수도 있어. 너의 이야기로 책을 낼 수도 있단다."

"그거 정말 멋진걸요. 그럼 당신이 얻는 건 뭐죠?"

"너의 이야기를 팔아서 얻은 수익이 곧 나의 돈이 되지."

"당신은 그 돈으로 뭘 하나요?"

"또 다른 새들에게 투자를 하지."

"그럼 당신은 새들의 꿈을 이뤄주는 댓가로 돈을 받는군요. 다른 새들의 꿈을 이루도록 도와주는 것이 당신의 꿈인가요?"

"그렇다고 해두지. 뭐 돈이 있으면 기본적으로 뭐든 할 수 있으니 말이야."

더키와 호박벌은 희망과 기쁨에 차올랐습니다.

"네가 말하는 최고의 장면을 찾는 쉬운 길을 가르쳐주마. 목적을 이루기 위해 효율적인 방법을 찾아야 한다는 걸 항상 잊지 말렴. 너에게 내가 아는 팔색조를 소개해주지. 그는 100개국을 여행한 경험이 있어서 분명히 네가 말하는 최고의 장면을 봤을 거야. 팔색조는 지금 데스카다(Descada)에 있으니 비행해서 가보렴."

두 번째 이야기

집오리의 비행

#5 세상에서 가장 화려한 곳,
데스카다: 유명인 팔색조

　　　　　　더키는 처음으로 독수리가 준 경비행기에 올라탔습니다. 더키의 어깨에 올라탄 호박벌도 덩달아 설렜습니다. 처음에는 경비행기 조종에 서툴렀지만, 더키는 이내 시원한 바람을 가르며 창공에 오르기 시작했습니다. 알바트로스의 말처럼 상승기류를 타고 오르니 훨씬 쉬운 비행을 할 수 있었습니다.

"이렇게 높고 맑은 공기는 처음이야!"

"저도요!"

구름은 아이스크림처럼 차갑고, 바람은 세상의 모든 녹음을 머금은 듯 청량했습니다. 질서정연하게 날아가는 철새들은 더키에게 눈짓으로 인사를 했습니다. 철새들의 비행을 방해하면 안 되기에 더키는 좀 더 높이 날아보기로 했습니다. 더 높은 하늘로 올라가는 더키의 눈에 세상은 너무 작게 보였습니다. 작은 꿈을 벌써 이루게 된 더키는 이제 뭐든지 할 수 있을 것 같았습니다.

"하늘을 난다는 건 이런 기분이구나. 상상했던 것보다 더 달콤한걸!"

더키는 서툴렀지만 꽤나 멋진 파일럿이었습니다. 더키와 호박벌은 밤하늘을 가로지르며 잠도 자지 않고 며칠을 데스카다를 향해 비행했습니다. 호박벌은 더키의 어깨에 앉아 밤새 이런저런 수다를 떨었습니다. 주로 우연히 더키를 만난 자기가 얼마나 운이 좋은 호박벌인지, 또 자기가 지금 얼마나 행복한 호박벌인지에 대한 이야기였습니다.

꽤 오랜 비행 끝에, 저 멀리 금빛으로 반짝이는 작은 도시가 보였습니다. 황금빛 태양이 내리쬐는 데스카다는 첫눈에 봐도 너무나도 화려한 섬 도시였습니다. 더키의 경비행기가 섬으로 다가갈수록 사방이 황금빛으로 빛나는 걸 볼 수 있었고, 바다에는 수많은 요트가 떠다녔습니다. 새들의 옷차림도 매우 화려했습니다. 번쩍거리는 액세서리들과 색색의 옷으로 치장한 새들이 궁궐 같은 호텔에 머무르고 있었습니다.

그중에서도 일곱 가지 색의 깃털을 가진 새로 유명한 팔색조는 찾기 아주 쉬웠습니다. 모든 새들이 팔색조를 알고 있었기 때문입니다

다. 팔색조는 멋진 테라스가 있는 레스토랑에 앉아서 점심 식사를 하는 중이었습니다. 팔색조는 멀리서 봐도 빼어나게 매력적이었습니다. 크림색 눈썹과 검은색 뺨, 선명한 푸른색 띠를 두른 듯한 허리, 그리고 매혹적인 붉은색 꼬리. 더키는 속으로 팔색조의 수려한 외모에 감탄했습니다.

"안녕하세요, 팔색조 씨? 저는 집오리 더키라고 해요. 독수리 씨가 당신을 소개해주어서 찾아왔답니다."

"오, 독수리가 소개해주었다고? 집오리가 어떻게 여기까지 오게 되었니?"

"저는 팔색조 씨께 물어볼 것이 있어 며칠 동안 경비행기를 타고 이곳으로 날아왔어요. 먼저 음식을 시켜도 될까요? 밤새 날아와서 배가 너무 고프거든요."

"그럼! 마음껏 시키렴. 내가 대접하도록 하지."

팔색조는 매력적이고 여유 있는 미소로 더키에게 대답했습니다. 더키는 팔색조의 친절함에 속으로 또 한 번 감탄했습니다.

"이 레스토랑에서 가장 맛있는 꿀을 접시 한가득 주세요. 빵도 함께요."

"그나저나 이 작은 친구는 누구니?"

"제 친구 호박벌이에요. 날고자 하기 때문에 날 수 있는 멋진 친구죠."

이윽고 매력적인 벌새 웨이터가 보석으로 만든 꿀단지에 꿀을 한 가득 내어왔습니다. 색깔이 황금빛으로 빛나는 사치스러운 꿀이었습니다.

"이렇게 맛있는 꿀을 매일 먹을 수 있다면, 이 여행은 영원히 행복할 거야. 헤헤헤."

호박벌은 입에 꿀을 한가득 묻힌 채 꿀을 마시기 시작했습니다.

"독수리가 소개해줬다면 너는 무척 영특한 새겠구나. 그는 아무에게나 나를 소개해주지 않거든. 그는 가능성이 있는 새들에게만 투자하는 아주 똑똑한 새란다."

"저는 사실 꿈과 사랑을 넘어서는 최고의 장면을 찾아 고향을 떠나 경비행기로 여행을 하는 중이에요. 독수리는 당신이 100개국을 여행했다고 알려주었어요. 100개국을 여행한 당신이라면 세상에서 가장 멋진 최고의 장면을 봤을 거라고 생각했어요."

"음…, 맞아. 너는 제대로 찾아온 것 같구나. 나는 매력이 뛰어나기 때문에 세계 각국에서 나를 초대해주곤 한단다. 나를 보고 내 노래를 듣는 것만으로 많은 새들이 행복해 하거든. 세상에 내가 여행해보지 않은 곳은 없어. 지금 나는 세계의 곳곳에서 휴양하는 최고의 삶을 살고 있단다. 나는 네가 말하는 최고의 장면을 알려줄 수 있단다."

"정말요?"

"그럼. 바로 이 데스카다의 모습이란다! 얼마나 멋지니?"

더키는 테라스에서 보이는 화려한 데스카다의 모습을 천천히 바라봤습니다. 백금으로 치장한 요트를 타는 우아한 공작들, 황금색 호텔에 머무는 쌍쌍의 원앙들, 예쁘게 깃털을 치장한 색색의 벌새들, 바다를 수놓는 보석들… 정말 화려한 모습이었습니다. 해가 지고 있음에도 도시는 여전히 황금색으로 빛났고, 아름다운 새들의 허밍 소리가 가득했습니다.

"나는 100개의 도시를 여행하며 수많은 새를 만났지만, 모두가 이 데스카다를 가장 극찬했단다. 나는 이곳보다 아름다운 도시를 가본 적이 없어. 물론 이곳에 살려면 돈이 아주 많아야 하지만. 나는 이미 많은 돈을 벌었으니, 이 부자들의 도시에 평생 머물기로 했지. 이곳엔 나처럼 화려한 삶을 사는 새들이 아주 많단다."

"음…, 하지만 최고의 장면은 이렇게 쉽게 찾을 수 있는 건 아닌 것 같아요. 당신의 최고의 장면은 아마 나와는 다른 것인가 봐요. 알바트로스가 말했거든요, 새마다 최고의 장면은 다를 거라고요."

"그렇다면 세상에서 가장 높은 곳에 가보는 건 어떠니? 지상 낙원이라고도 불리는 그곳은 가장 높은 곳이라 세상의 무엇이든 볼 수 있어. 그곳의 이름은 '샹그릴라'란다. 그곳에 오르면 너는 세상의 무엇이든 볼 수 있을 거야. 그렇다면 네가 가야 할 곳도 찾을 수 있겠지?"

To. 존경하는 독수리 씨

독수리 씨, 저는 데스카다에 도착했어요.

이곳은 모든 게 눈부셔서 머리가 아플 지경이에요.

가난한 제가 평생 본 적 없던 아름다움이었어요.

당신이 소개해준 팔색조 씨는 매우 친절했답니다.

하지만 아쉽게도 아직 최고의 장면을 발견하지 못했어요.

하지만 저는 앞으로의 여행이 너무 기대돼요.

제 친구 호박벌은 너무 설레어 제가 야간 비행을 할 때도

잠을 전혀 자지 않을 정도랍니다.

앞으로도 황금처럼 단단한 마음으로 지치지 않고

최고의 장면을 찾아 비행해야겠다고 생각했어요.

저는 다음 여행지로 팔색조 씨가 소개해준 샹그릴라를 가보려고 해요.

From. 더키 드림

#6 세상에서 가장 높은 곳, 샹그릴라: 탐험가 기러기

더키는 이번에는 꽤나 어려운 비행을 해야 했습니다. 아주 높은 곳에 다다르기 위해서 수직으로 비행해야 했기 때문입니다. 고도가 높아질수록 아름다운 절경이 펼쳐졌습니다. 호박벌은 설레는 마음에 한시도 쉬지 않고 재잘댔습니다.

"세상에…, 지상 낙원이라는 별명이 사실이군요. 나는 세상에서 가장 높이 오른 유일한 호박벌일 거예요. 나는 앞으로 영원히 기억될 호박벌이에요."

더키는 호박벌과 함께 가장 높은 고원지대에 올라 세상을 내려다봤습니다. 설산의 절벽과 구름이 이루는 절경이었습니다. 설산 아래에는 에메랄드빛 호수가 흐르고 커다란 바위들 사이를 새들이 평온

하게 비행하고 있었습니다. 세상의 아무런 갈등을 모르는 듯, 이 세상의 모든 것을 다 이룬 것처럼 평화롭게 날아다니는 기러기들의 모습은 위엄이 있었습니다.

호박벌은 곳곳에 핀 야생화들에게 홀딱 반해 이리저리 날아다녔습니다. 더키와 호박벌은 샹그릴라에서도 가장 높은, 야생화들이 만발한 아름다운 식당에 자리 잡았습니다.

"이곳에서 가장 맛있는 꿀을 접시 한가득 주세요. 빵도 함께요."

곧 예쁘게 단장한 까치가 야생화 잎으로 만든 꿀단지에 꿀을 한가득 내어왔습니다. 색깔이 녹음으로 빛나는 싱그러운 꿀이었습니다.

"이렇게 싱그러운 꿀을 먹을 수 있다니. 이 여행은 정말 최고의 여행이야. 헤헤헤."

"호박벌아, 이제 우리가 가야 할 곳을 잘 찾아봐야 해. 이곳은 팔색조가 가르쳐준 대로 세상에서 가장 높은 곳이니, 분명 최고의 장면이 있는 곳을 볼 수 있을 거야."

마침 더키의 주위를 비행하던 탐험가 기러기가 이 얘기를 들었습니다.

"너는 집오리 아니니? 이곳에 올라온 집오리는 네가 처음인 것 같다. 굉장한걸? 나는 네가 말하는 최고의 장면을 알아. 그건 아주 희소해서 쉽게 보기는 힘들지."

"정말요? 제게 그것을 가르쳐줄 수 있나요?"

탐험가 기러기는 길고 검은 목을 쭉 내밀며 회색 날개를 넓게 펼쳐 보였습니다. 그러자 대형을 맞춰 날던 다른 기러기들이 비행을 멈추고 고원지대에서 휴식을 취하러 내려오기 시작했습니다. 기러기는 더키의 옆에 자리 잡았습니다. 탐험가 기러기는 더키가 호수에서 늘 보던 날지 못하는 거위와 생김새가 비슷했지만, 그의 회색 깃털은 훨씬 늠름하고 강해 보였습니다.

"네가 말한 팔색조는 아주 똑똑한 새이구나. 높은 곳에 올라서면 가야 할 곳을 발견할 수 있지. 발견하는 것이야말로 가장 멋지게 너의 시야를 확대해나갈 수 있는 방법이야."

"저는 최고의 장면을 발견하기 위해 경비행기를 타고 여행을 하는 중이랍니다. 제 친구 호박벌과 함께요."

"너처럼 내 동료 기러기들도 용감했으면 좋겠구나."

탐험가 기러기는 깊은 한숨을 쉬었습니다.

"나는 요새 걱정이 많단다. 날씨가 더워지면서 나와 기러기 동료들은 자꾸 방향을 헷갈리고, 우리가 어디에 머물러야 하는지 점점 혼란스럽단다. 세상은 이상해지고 있어."

"기러기 씨는 제 고향의 거위와 매우 닮았어요. 하지만 당신의 털은 거친 회색이군요!"

"우리도 이제 거위처럼 곧 날지 못하게 될 거야. 따뜻한 날씨에서만 살 수 있게 되면 이동하지 않아도 되거든. 이제 기러기들은 색색의 화려한 기러기가 되고 싶어하지. 내 기러기 동료들은 탐험하길 점점 싫어하고, 뽐내길 좋아하게 되었단다. 공작새나 벌새처럼 말이지. 기러기들은 깃털을 꾸미는 데 온 시간을 쏟지만, 그건 멀리 날기 위해 방해가 될 뿐이야."

자세히 보니 탐험가 기러기의 동료들은 고원지대의 색색의 야생화들의 꽃물로 깃털을 물들이는 데 정신이 없었습니다. 어떤 기러기들은 가장 새하얀 깃털을 갖기 위해 에메랄드빛 호숫가에서 몸을 끊임없이 씻어내고 있었습니다. 긴 비행을 위한 먹이도 잡지 않은 채 말입니다.

"이제 우리의 탐험가적인 본성은 없어지겠지. 대형을 맞추어 멀리 비행하는 일마저 시시한 일로 치부하고 이탈해버리는 기러기들이 많단다. 그들은 우리의 모험 이야기가 시시하다고 생각하고, 더 이상 새로운 걸 발견하지 않아. 이제 아무도 마음속의 해와 달을 가꾸지 않는단다."

"기러기 씨, 마음속의 해와 달이 무엇인가요?"

"나는 탐험을 하면서 수십 개의 다른 모습의 해와 달을 보았단다. 해와 달은 내가 어딜 비행하느냐에 따라 늘 다른 모습이지. 때로는 시야에서 사라지기도 해. 눈에 보이는 해와 달의 모습만 좇아서 여행을 하다 보면 우리는 방향을 잃고 길을 잃게 되지. 그래서 기러기들은 항상 마음속에 해와 달을 가꿔야 한단다."

"기러기들은 무엇을 위해 그렇게 열심히 탐험을 하나요?"

"어딘가에 숨겨진 기러기들의 낙원을 찾기 위해서란다. 모험을 통해 더 성숙하고 더 넓어진 시야를 가진 기러기들만이 찾을 수 있지. 기러기들의 낙원은 마음속의 해와 달이 안내해주는, 지도에 보이지 않는 숨겨진 곳이란다. 눈에 보이지 않는 걸 좇는다는 건 아무나 할 수 있는 게 아니지. 위대한 기러기들만이 할 수 있어. 하지만 너는 출신은 다르지만 우리처럼 꽤 멋있는 집오리이니, 내가 본 최고의 장면을 알려주마. 저기 보이는 형형색색의 작은 빛이 보이니?"

기러기가 가리킨 곳을 자세히 보자 아주 작게 형형색색으로 보석같이 빛나는 곳이 보였습니다.

"내가 가본 곳 중, 가장 아름답고 진실된 장면을 볼 수 있는 곳이란다. 오로라야말로 네가 말하는 최고의 장면이라고 할 수 있지. 가장 높은 곳만 탐험한 내 말을 믿어보렴. 극채색의 오로라를 본 새들만이 극채색의 꿈을 꿀 수 있지. 오로라를 볼 수 있는 그곳의 이름은 '유포리아'란다."

#7 세상에서 가장 아름다운 풍경:
유포리아의 펭귄

더키는 탐험가 기러기가 가르쳐준 곳으로 비행하기로 했습니다. 그곳은 아주 추운 곳이었기에, 추위를 많이 타는 호박벌과 더키는 많은 채비를 해야 했습니다. 더키는 독수리가 보내준 돈으로, 호박벌에게 예쁜 머플러와 눈을 피할 우산을 사주었습니다. 유포리아로 가는 길에는 눈이 많이 오고 바람이 세차게 불었지만, 호박벌과 더키는 꿋꿋이 버텨내어 설국의 유포리아에 도착했습니다. 그곳은 낮인데도 불구하고 사방이 어두컴컴했습니다.

"기러기 씨가 말한 형형색색의 오로라는 언제쯤 뜨는 걸까?"

더키의 옆을 지나가던 펭귄이 더키를 신기하게 바라봤습니다. 날 수 없는 펭귄은 뒤뚱뒤뚱 더키에게 걸어왔습니다. 펭귄은 새하얗고 무척 두꺼운 털이 있어서 추위를 전혀 타지 않는 듯 보였습니다. 또 날개와 모자처럼 생긴 검은색 털을 잘 단장해서 현명하고 지혜로워 보였습니다.

"너는 집오리 아니니? 여긴 너무 추워서 오리가 살 수 없는데, 어떻게 찾아온 거니? 종종 길 잃은 야생 오리들이 여길 오는 걸 보긴 했다만."

"안녕하세요, 펭귄 씨! 저희는 최고의 장면을 찾아 경비행기를 타고 여행하고 있답니다. 기러기 씨의 소개를 받아 형형색색의 오로라를 보기 위해 왔어요."

"집오리야, 오로라는 아주 잠깐밖에 뜨지 않는단다. 밤이 되길 기다려야 할 거야."

"하지만 지금도 매우 어두컴컴한걸요?"

"지금은 극야이기 때문이야. 이곳은 이렇게 몇 개월 동안이나 해가 보이지 않는 어두컴컴한 세상과, 하루 종일 해가 뜨는 백야가 반복되는 곳이란다. 네가 오로라를 보길 원한다면, 나와 함께 맛있는 음식도 먹고 대화도 하면서 기다리지 않을래? 나도 마침 심심한 참이었거든."

더키와 호박벌은 뒤뚱뒤뚱 걷는 펭귄을 따라 예쁜 빙하로 둘러싸인 이글루 레스토랑에 도착했습니다.

"이 레스토랑에서 가장 맛있는 꿀을 접시 한가득 주세요. 빵도 함께요."

"그나저나 이 작은 친구는 누구니?"

"제 영원한 친구 호박벌이에요. 날고자 하기 때문에 날 수 있는 멋진 친구죠."

잠시 후, 멋진 아델리 펭귄 웨이터는 신사처럼 멋진 차림으로, 얼음으로 만든 꿀단지에 꿀을 한가득 내어왔습니다. 연하늘색으로 빛나는 독특한 꿀이었습니다.

"이렇게 신선한 꿀을 매일 먹을 수 있다니. 나는 정말 영원히 행복한 호박벌이야. 헤헤헤."

호박벌은 입에 꿀을 한가득 묻힌 채 꿀을 마시기 시작했습니다.

"펭귄 씨는 오로라를 본 적이 있나요?"

"그럼! 오로라는 짧은 시간이지만 이곳에서 자주 볼 수 있는 아름다운 풍경이란다. 마치 태양에 가장 가깝게 날아간 전설 속 새의 영혼을 닮은 모습이란다. 많은 종류의 새들이 일생에 한 번 오로라를 보기 위해 이곳을 방문하지. 하지만 집오리는 네가 처음인걸!"

"저는 알바트로스 씨가 알려준 최고의 장면을 발견하고 싶거든요."

"최고의 장면이라…. 분명 많은 새들이 이곳에 와서 감동을 받고

갔으니 너 또한 다르지 않을 거야. 새들은 극도로 아름다운 것을 보면 모든 상처가 치유되어 또 다른 자신이 되는 듯한 느낌을 받는다고 한단다. 아름다운 것을 보면 자신도 아름다운 새가 된 듯한 느낌이 들거든. 비록 그 기분이 영원히 지속되지는 않지만…. 오로라는 아주 잠시의 환상일 뿐이야. 그렇기에 새들은 또 다른 아름다운 장면을 계속해서 찾아 헤매게 된단다."

더키는 펭귄의 말이 어렵고 알쏭달쏭했습니다. 무슨 뜻인지 되물어보려는 순간 갑자기 하늘이 형형색색으로 바뀌기 시작했습니다. 낮은 곳에서 피어오르던 오로라는 하늘 전체로 퍼져나가 연두색, 빨간색, 노란색, 보라색으로 넘실대며 빛의 향연을 만들어냈습니다. 시시각각 하늘의 색이 바뀌다가, 끝내 에메랄드색이 온 밤하늘을 물들였습니다. 세상은 그림자밖에 남지 않았고, 무수한 별들이 살아남아 하늘을 무대로 한 편의 거대하고 화려한 빛의 연극을 펼치고 있었습니다.

호박벌과 더키는 한참 동안 말을 잃었습니다. 말로는 도저히 표현할 수 없는 감동이 밀려왔기 때문입니다. 호박벌은 꿀도 잊은 채 더키의 어깨에 꼭 기대어 이 연극이 끝날 때까지 한 마디도 하지 않았습니다.

"집오리야, 이 장면이 네가 찾던 장면인 것 같은데 맞니?"

펭귄의 말이 끝나기가 무섭게 오로라는 금세 사라지기 시작했고, 온통 새하얀 눈으로 덮인 설국의 유포리아는 오래지 않아 다시 어둠 속으로 가라앉고 있었습니다.

"아주 굉장한 장면은 맞는 것 같아요. 하지만 환상처럼 너무 짧은 것 같아요. 이 장면이 제 마음속에 영원히 자리 잡을 수 있을까요?"

그제야 더키는 오로라가 뜨기 전 펭귄이 했던 말이 이해가 갔습니다.

"펭귄 씨, 이곳은 온종일 어두워서 살아가기 힘들지 않나요? 저는 우울할 때 호숫가에서 햇빛을 쬐곤 했어요. 그렇지 않으면 조금씩 제 마음에 나쁜 잡초가 생겨나서 저를 잡아먹고, 그 자리엔 결국 제가 없게 되거든요. 당신은 마음이 어두울 때 어떻게 하나요?"

"나는 너처럼 자유롭게 날아다닐 수 없는 처지란다. 이 어둠 속에서 일상을 여행처럼 살아내려면 아주 큰 노력이 필요해. 나는 햇빛이 없을 때는 마음속으로 나만의 태양을 만들지. 나의 햇빛은 네가 생각하는 햇빛과는 다르단다. 나만의 태양을 키우는 데는 아주 오랜 시간이 걸리지."

"탐험가 기러기 씨도 비슷한 말을 한 적이 있어요. 탐험가 기러기 씨는 마음속의 해와 달을 가진 새거든요."

"나는 기러기처럼 날 수 없는 대신 바다를 여행하곤 하지. 바다에서 사냥한 맛있는 생선을 먹을 때도 내 마음에는 행복의 햇빛이 자라나지만, 그건 아주 잠깐이야. 오로라처럼 말이야. 내 마음속에는 영원한 태양이 있단다. 그건 바로 내 귀여운 아기 펭귄들이야. 아기 펭귄들은 나의 사랑이자 나의 최고의 장면이지."

펭귄은 저 멀리 뒤뚱거리며 하얀 솜뭉치처럼 걷는 새끼 펭귄들을 가리키며 말했습니다.

"저는 제 꿈은 알지만, 사랑을 잘 몰라요. 사랑을 알게 되면 펭귄 씨처럼 저도 저만의 최고의 장면을 찾을 수 있게 될까요?"

"그럼, 사랑의 도시 아메라(Amera)에 가서 은행나무를 만나보는 게 어떠니? 그 나무는 천 년을 살았단다. 가장 길고 아름다운 사랑을 했던 나무여서, 네가 사랑을 이해하는 데 많은 도움을 줄 거야."

더키는 펭귄의 조언이 너무 고마웠습니다. 내면의 사랑을 알게 되면 이번에야말로 최고의 장면을 찾을 수 있을 거라 생각했기 때문입니다. 더키와 호박벌은 다시 비행기에 올랐습니다. 다시 며칠 동안이나 눈 속을 지나야 했지만, 그들의 마음은 오로라를 본 이후로는 꽤나 형형색색으로 빛나고 있었기에 그리 힘들지 않았습니다.

한참 눈 속을 비행하며 날아가고 있는데, 저 아래 키위새 가족들이 보였습니다. 키위새 가족들은 온몸을 꽁꽁 싸맨 채 오로라를 보기 위해 유포리아로 향해 걸어가고 있었습니다. 열심히 걸어가고는 있었지만 날 수 없는 키위새들은 걸음마저도 너무나도 느렸습니다.

"저 키위새들을 봐. 저렇게 걸어서는 유포리아에 도착하지 못할 거야. 저 속도로는 영원히 말이야. 경비행기로도 우린 며칠을 눈 속을 뚫고 수백 킬로미터를 날아왔는걸."

하지만 키위새 가족은 느리지만 누구보다 즐겁게 걷고 있었습니다. 아기 키위새들은 짐을 잔뜩 멘 아빠 키위새의 뒤를 따라 걸으면서, '세상에서 가장 멋진 아빠 키위새'라고 재잘거리면서 열심히 응원했습니다.

"평생 걸어도 절반도 가지 못할걸…."

"그래도 저 키위새 가족은 유포리아로 가는 동안 영원히 행복할 거예요. 지금도 저렇게나 즐거워하는걸요."

To. 존경하는 독수리 씨

저는 세상에서 가장 높은 샹그릴라와 가장 아름다운 오로라가 있는 유포리아를 여행했어요.

아쉽지만 이 곳에서도 저는 최고의 장면을 찾진 못했답니다.

아마 제가 사랑을 모르기 때문인 것 같아요.

저희는 사랑의 도시 아메라에 가보기로 했어요.

이번에는 정말로 최고의 장면을 찾을 수 있을 것 같아요.

새들이 벌써 우리의 이야기를 좋아해준다니 다행이에요.

어서 최고의 장면을 찾아서,

제 이야기들을 새들이 더 많이 좋아해줬으면 좋겠어요.

당신이 보내주는 돈으로 우리는 매일 맛있는 꿀을 사 먹는답니다.

하지만 저는 더 좋은 경비행기를 사고 싶어요.

멋진 머플러도 갖고 싶고요. 저도 당신처럼 돈을 많이 벌어서 다른 새들에게 멋진 기회를 주는 오리가 되고 싶어요.

From. 더키 드림

#8 세상에서 가장 깊은 사랑:
아메라의 파랑새

더키와 호박벌은 진귀한 식물들이 많이 자라나는 아주 따뜻한 날씨를 가진 아메라 섬으로 향했습니다. 펭귄이 가르쳐준 대로 섬 중앙까지 날아가자 어느 순간부터 노란색 빛이 시야를 덮기 시작했습니다.

처음에는 화려한 조명인 줄 알았던 이 노란색 빛은, 알고 보니 아주 거대한 은행나무 잎들이 펼치는 거대한 색의 축제였습니다. 천 년을 살아온 은행나무는 너무나도 거대해서 마치 수십 그루의 나무가 한꺼번에 자라고 있는 것처럼 보였습니다. 은행나무 곁에는 예쁜 파랑새가 날아다니며 은행나무의 곁을 지키고 있었습니다. 마침내 은행나무 곁에 내려온 더키와 호박벌은 은행나무의 노란 잎이 푹신

푹신해서 기분이 좋아졌습니다.

"은행나무 할아버지, 안녕하세요? 저는 집오리 더키라고 해요."

눈을 감고 있던 은행나무는 한참 후에야 천천히 눈을 뜨며 말했습니다.

"아니, 너는 집오리 아니니? 많은 새들이 나에게 사랑에 대한 조언을 찾으러 왔지만, 집오리는 처음인 것 같구나. 어떻게 여기까지 오게 되었니? 너는 날 수 없을 텐데."

"저는 경비행기를 타고 날아다니며, 최고의 장면을 찾고 있어요. 저는 꿈을 알지만, 사랑을 몰라서 할아버지에게 사랑에 대한 이야기를 듣기 위해 찾아왔어요."

"그래. 너는 아직 청년이니 사랑을 모르겠구나. 하지만 사랑은 살아가면서 가장 중요한 것이란다. 생명은 혼자서는 완벽해질 수 없어."

옆에서 가만히 듣고 있던 호박벌은 귀가 쫑긋해졌습니다. 지금까지의 그 어떤 이야기보다 흥미로운 이야기였거든요.

"어떤 기억은 평생을 살아가게 하지. 나는 900년 동안 사랑했던 나의 배우자 은행나무가 죽은 뒤, 지금까지도 그 사랑을 잊지 않고 살아가고 있단다. 나를 가장 완벽하게 해준 영원한 사랑이 죽은 뒤, 단 하루도 빠짐없이 그녀를 그리워한단다."

늘 듣기만 하던 호박벌은 이번에는 호기심을 참을 수 없어 조심스럽게 물었습니다.

"은행나무 할아버지, 사랑이란 내가 아닌 또 다른 무언가를 목숨처럼 깊이 아끼는 마음일까요?"

"그렇단다. 그 마음이 영원히 지속되며 자신을 압도할 정도로 커지는 거지. 아무리 오랜 세월이 지나도 절대 변하지 않고 말이야. 많은 새들은 강렬한 사랑의 호르몬에 빠지곤 하지만, 몇 년도 되지 않아 금세 시들해지고 만단다. 하지만 사랑은 자극적이고 강렬한 감정의 모험을 함께하는 것을 넘어, 감정이 잦아들더라도 변함없이 서로를 아끼려는 용기를 가진 마음이란다. 아주 많은 노력과 의지가 필요한 것이지. 마치 어미새가 그 어떤 고난 속에서도 아기새를 영원히 돌봐주는 것처럼 말이야."

"하지만 때때로 아프거나 힘들거나, 지친다면요?"

"그럼에도 불구하고 포기하고 싶지 않은 마음이란다. 영원히."

호박벌은 만족스러운 대답을 얻었는지 한껏 의기양양한 표정이 되었습니다. 특히 호박벌은 '영원'이라는 말을 너무나도 좋아했기 때문입니다. 하지만 더키는 그래도 여전히 사랑이 머릿속으로 잘 이해되지 않았습니다.

"사랑은 네가 알지 못하는 순간에 이미 너를 찾아와 네 모든 경험들을 깊숙하게 물들이고 있을 거란다. 사랑은 네 영혼을 완전히 다른 색으로 바꿔놓기도 해. 그 어떤 경험보다 아프고 성숙한 경험일 거야. 때가 되면 너도 내 말뜻을 알게 될 거란다."

그때 멀리서 파랑새가 날아와 은행나무에게 수다를 떨었습니다. 하얀색 배를 제외하고는 선명한 파란색 깃털이 온몸을 감싼 깜찍한 파랑새였습니다. 파랑새는 그 어느 새들보다 수다쟁이였습니다.

"글쎄, 못생긴 딱따구리가 할아버지에게 자리를 잡고 딱딱한 부리로 구멍을 뚫어 둥지를 만들려고 하지 뭐예요? 얼씬도 못 하게 아주 혼쭐을 내주고 왔어요. 다시는 근처에 오지 못할 거예요!"

"고맙구나, 파랑새야."

"할아버지가 보고 싶어하는 다람쥐 가족들이 놀러 올 거예요. 예쁜 모습으로 맞이해줘야죠."

파랑새는 한참을 은행나무 곁에서, 오래된 나뭇잎과 나뭇가지를 정리해주고, 물을 길어다가 건조한 할아버지의 뿌리에 쉴 새 없이 뿌려주었습니다. 더키는 파랑새의 푸른 깃털과 은행나무 할아버지의 노란 잎이 만들어내는 예쁜 색의 조합을 멍하니 쳐다보다가, 참 아름답다는 생각을 했습니다. 말끔해진 은행나무 할아버지는 다시 눈을 감고 한참을 깊은 잠에 빠졌습니다.

"파랑새야, 너는 은행나무 할아버지를 참으로 아껴주는구나."

"그렇지. 나는 어렸을 때 엄마 파랑새가 날 떠나버린 후, 은행나무 할아버지에 둥지를 틀고 혼자 살아왔거든. 할아버지는 나에게 우산이 되어준 가장 소중한 가족이란다."

한참을 잠에 빠져 있던 은행나무 할아버지는 다시 눈을 뜨고 더키를 바라봤습니다.

"아니, 너는 집오리 아니니? 어떻게 여기까지 오게 되었니? 너는 날 수 없을 텐데."

은행나무 할아버지는 더키를 알아보지 못했습니다. 당황한 더키는 파랑새를 올려다봤습니다. 파랑새는 조심스럽게 더키에게 날아와 귓속말을 했습니다.

"할아버지는 너무 오래 사셔서, 기억을 자꾸 잃는단다. 아주 오래된 일은 기억하지만, 최근의 일은 기억하지 못해. 할아버지의 기억력은 뿌리와 함께 조금씩 메말라가고 있어."

파랑새는 다시 은행나무 할아버지의 노란 잎들을 정리해주고, 향기로운 물을 잎에 뿌려주었습니다.

"글쎄, 잘난 척하는 딱따구리가 할아버지에게 자리를 잡고 둥지를 만들려고 하지 뭐예요? 얼씬도 못 하게 아주 혼쭐을 내주고 오는 길이에요."

"고맙구나, 파랑새야."

"할아버지가 보고 싶어하는 나비 가족들이 놀러 올 거예요. 예쁜 모습으로 맞이해줘야죠."

호박벌은 파랑새의 모습에 호기심이 차올라 파랑새에게 속삭이며 물었습니다.

"파랑새 씨, 당신이 아무리 가꿔주고 얘기해주더라도, 은행나무 할아버지는 어차피 모두 금세 잊어버릴 텐데요. 파랑새 씨가 하는 행동과 말을 모두요. 그런데 당신은 왜 끊임없이 반복하나요?"

"나는 은행나무 할아버지가 매순간 영원처럼 행복했으면 좋겠거든."

호박벌은 눈이 초롱초롱해지면서 더키에게 말했습니다.

"지금까지 제가 본 그 어떤 장면보다 아름다워요."

더키는 파랑새 덕에 사랑이 뭔지 알 것만 같았습니다. 파랑새는 은행나무 할아버지의 생명력이 다해가고 있음을 알았지만, 연연하지 않고 끊임없이 은행나무 할아버지를 가꾸어주길 반복하며 수다를 떨 뿐이었습니다. 파랑새는 수다스럽게 더키에게 말했습니다.

"만약 네가 사랑에 대해 더 알고 싶다면, 핑크빛 소금 바다인 핑크 마리나에 가보는 건 어떠니? 그곳에는 세상에서 자신을 가장 사랑하는 플라밍고가 살고 있단다. 사랑에는 많은 종류가 있으니 네게도 도움이 될 거야. 자기 자신을 사랑하는 건 가장 어려운 거란다."

"세상에서 자신을 가장 사랑한다는 건가요? 그 또한 멋있는 사랑인걸요?"

더키와 호박벌은 이번에야말로 가장 위대한 사랑을 알 수 있게 되어, 최고의 장면을 볼 수 있게 될 것 같았습니다. 은행나무 할아버지는 다시 천천히 눈을 뜨고 더키를 쳐다봤습니다.

"아니, 너는 집오리 아니니? 여긴 어떻게 왔니? 너는 날 수 없을 텐데."

"할아버지, 저는 경비행기를 타고 날아다니며 최고의 장면을 찾아 여행하고 있어요."

파랑새는 피곤해 보이는 은행나무 할아버지에게 은행잎처럼 노란 프리지아를 건네며 말했습니다. 파랑새의 눈은 조금 슬퍼 보였습니다.

"글쎄, 못된 딱따구리 녀석이 할아버지에게 자리를 잡고 둥지를 만들려고 하지 뭐예요? 얼씬도 못 하게 아주 혼쭐을 내주고 오는 길이에요."

"고맙구나, 파랑새야."

#9 세상에서 가장 아름다운 새: 핑크 마리나의 플라밍고

    더키와 호박벌은 파랑새가 가르쳐준 대로 다시 넓은 바다 위를 날기 시작했습니다. 끝없는 수평선 위를 하루도 쉬지 않았습니다. 석양이 질 때면 호박벌은 탄성을 질렀습니다. 저 멀리 큰 혹등고래들이 노래를 부르며 꼬리로 반갑게 인사를 해주었기 때문입니다. 호박벌은 바다 내음을 유난히 좋아했습니다.

"저는 다시 태어나면 꼭 바다에 사는 돌고래로 태어나고 싶어요. 꼭이요!"

"그럼 나는 큰 혹등고래로 태어나서 너와 같이 바다를 여행하고 싶어. 하늘을 나는 것만큼 재밌을 거야."

한참을 날아 저 멀리 핑크빛 해변이 보였습니다. 호박벌은 탄성을 질렸습니다.

"세상에, 해변이 온통 핑크색으로 빛나요!"

더키는 온통 핑크색 소금 모래로 뒤덮인 예쁜 카페 옆에 경비행기를 착륙시켰습니다. 이미 많은 새들이 플라밍고를 보기 위해 몰려들어서 카페는 수많은 종류의 새들로 가득했습니다. 더키는 음식을 주문했습니다.

"이 레스토랑에서 가장 맛있는 꿀을 접시 한가득 주세요. 빵도 함께요."

곧 멋진 펠리컨 웨이터가 핑크색 꿀단지에 꿀을 한가득 내어왔습니다. 색깔이 연분홍빛으로 빛나는 독특한 꿀이었습니다.

"이렇게 아름다운 꿀을 먹을 수 있다니. 나는 정말 영원히 행복한 호박벌이야. 헤헤헤."

더키와 호박벌은 꿀을 먹으며 멋진 플라밍고를 넋을 잃고 감상했습니다. 플라밍고의 몸은 공주님 같은 연분홍빛이었고, 부리는 빨간색이었습니다. 그리고 진분홍의 아주 긴 다리 중, 한 다리를 올리고 고개를 숙인 채 숨죽이고 있었습니다. 곧 플라밍고는 바다에 비친 자신의 모습을 거울 삼아 한참을 자신을 내려다봤습니다. 그 모습은 경이로웠습니다.

플라밍고는 자신이 가장 돋보이는 곳에서 모두에게 자신을 뽐냈

습니다. 구경꾼 새들은 플라밍고의 모습을 보며 사진을 찍기도 했습니다. 플라밍고는 이윽고 바이올린을 꺼내 들어 연주하기 시작했습니다. 플라밍고는 자신이 바이올린을 켜는 모습이 사진에 찍히는 게 좋았습니다. 썩 듣기 좋은 연주는 아니었지만, 구경꾼 새들은 박수를 쳐주며 플라밍고를 칭찬해주었습니다. 사진도 찍지 않고 자신을 멍하니 바라보는 더키를 발견한 플라밍고는 말을 걸어왔습니다.

"너는 집오리가 아니니? 여기는 어떻게 왔니? 나는 살면서 한 번도 집오리를 만나본 적이 없어."

"안녕하세요, 플라밍고 씨. 저는 경비행기를 타고 날아다니며 최고의 장면을 찾아다니고 있어요."

"최고의 장면이라? 그렇다면 아주 잘 찾아왔구나. 나는 세상에서 가장 아름다운 새란다. 모두가 날 위해 호의와 편의를 베풀어준단다. 세상의 새들은 나에게 가장 아름다운 것들을 선물하지. 내 모습을 사진에 담아두면 너는 두고두고 최고의 장면을 볼 수 있을 거야."

"플라밍고 씨, 저는 당신이 최고의 사랑을 하는 새라고 들었어요."

"나는 나 자신을 가장 사랑하는 새이기 때문이야. 가장 완벽한 사랑은 자신과의 사랑이란다. 세상은 날 위해 존재한단다."

"하지만 꼭 아름다워야만 자신을 사랑할 수 있는 건가요? 저는 저를 아름답게 가꾸지 않아도 저 자신을 사랑해요. 제 이야기를 사랑하거든요. 제가 살아온 이야기 속의 저를요."

플라밍고는 더키의 말을 귀담아듣지 않았습니다.

"음…, 그나저나 이 못생긴 벌레는 뭐니?"

플라밍고는 호박벌을 가리키며 도도하게 물었습니다. 더키는 처음으로 마음속에서 크게 화가 났지만 표현하지 않고 침착하게 대답했습니다.

"제 영원한 친구이자 아름다운 호박벌이에요. 날고자 하기 때문에 날 수 있는 멋진 친구죠."

"이 호박벌이 아름답다고?"

플라밍고의 하루는 오로지 자신의 모습을 들여다보며 가꾸고, 예쁜 각도로 서서 모두의 부러움을 받는 것이 전부였기에 자신보다 아름다운 존재가 나타날까 늘 불안해 했습니다. 플라밍고는 호박벌을 한참을 살피더니 호박벌의 머플러를 유심히 봤습니다.

"너는 꽤나 좋은 머플러를 했구나?"

"플라밍고 씨, 당신은 머플러가 없어도 아름다운걸요."

보석으로 치장한 플라밍고 앞에서 호박벌은 주눅이 들었지만 상냥하게 말했습니다.

"그건 당연한걸. 얼마전엔 위대한 지도자 수리부엉이도 날 찾아왔지. 가장 위대한 성취를 한 그 수리부엉이 말이야. 그 또한 내게 찾아와 자신을 사랑하는 것에 대한 조언을 구했단다. 나는 그만큼 아름다운 새란다."

"위대한 수리부엉이요? 그는 어디에 살고 있나요?"

"그는 몽생미셸이라는 큰 성에 혼자 살고 있지. 너는 세상을 잘 모르는구나? 내가 많은 걸 알려줄 수 있지. 너희는 세상에서 가장 아름다운 것들을 찾아 헤매는 모양이지만, 너희는 절대 나보다 아름다운 걸 발견할 수 없을걸?"

더키와 호박벌은 플라밍고와 더 이상 대화를 나누고 싶지 않았습니다. 하지만 플라밍고 덕분에 다음 여행지를 알 수 있었습니다. 더키와 호박벌은 플라밍고에게 정중히 작별 인사를 하고 재빨리 핑크빛 소금 바다를 떠나기로 했습니다. 경비행기에 오르며 더키가 말했습니다.

"호박벌아, 몸에 보석을 두른다고 보석처럼 반짝이는 새가 되는 건 아니야. 플라밍고는 스스로를 사랑하지 않아. 허영심만 가득한 못난 새일 뿐이야. 자신을 사랑하는 새는 남들을 배려하며 다정하게 말할 수 있는 새란다."

"저도 그렇게 생각해요. 하지만 플라밍고는 자신을 사랑하는 새라고 스스로 믿는 것 같아요. 구경꾼 새들은 겉으로는 박수 치지만 플라밍고를 구경거리로 취급할 뿐이지 그를 존중하지 않아요. 그 모습이 저를 슬프게 했어요."

"그래. 하지만 우리가 그 사실을 알려줘도 플라밍고는 인정하지 않을 거야. 자신의 세계를 깨는 건 엄청난 용기가 필요하거든. 플라밍고는 달콤한 핑크빛 상상의 세계로 끝없이 도피하고 있을 뿐이야. 이제 어서 수리부엉이를 찾아가보자. 그는 위대한 성취를 했으니 최고의 장면에 대해 알고 있을 거야."

To. 존경하는 독수리 씨

저는 사랑의 도시 아메라와 핑크 마리나를 여행했어요.

저는 파랑새와 은행나무 할아버지를 통해

사랑을 알게 된 것만 같아요.

저는 참 많은 것을 모르는 집오리였어요.

하지만 핑크 마리나의 플라밍고를 찾아온 건 실수였어요.

그렇지만 플라밍고 덕분에 우리는 몽생미셸의 수리부엉이를

만나러 가보기로 했답니다.

위대한 성취를 이룬 수리부엉이를 만나면 위대한 사랑과

위대한 꿈에 대해 알 수 있겠죠?

그는 최고의 장면을 분명히 봤을 거예요.

From. 더키 드림

#10 세상에서 가장 위대한 성취:
몽생미셸의 폭군 수리부엉이

　　　　　　　　　　더키와 호박벌은 그동안의 긴 여행으로 많이 지쳤지만 이번에야말로 최고의 장면을 볼 수 있을 것 같았습니다. 수리부엉이가 사는 몽생미셸은 워낙 유명했기에 지나가는 모든 새들이 몽생미셸의 위치를 알려줘서 쉽게 찾아갈 수 있었습니다. 몽생미셸은 바다로 둘러싸인 거대한 성이었는데 그곳에 수리부엉이 혼자 살고 있었습니다. 이 엄청난 성에는 들어가는 것조차 어려웠습니다. 너무나도 거대해 성문의 위치를 찾기 어려웠기 때문입니다.

　더키와 호박벌은 두려운 마음이 조금 앞섰습니다. 길을 알려주는 새들은 수리부엉이가 이기적인 폭군이니 조심하라는 조언을 해줬기 때문입니다. 더키와 호박벌은 성밖에 경비행기를 두고 한참을 걸

어 성문에 도착했습니다. 성문은 너무나도 무거웠습니다. 넓고 넓은 성 안의 가장 크고 화려한 방에 수리부엉이가 살고 있었습니다.

"부엉이 씨 계신가요?"

수리부엉이는 위협적으로 날개를 펼쳐 보이며 나왔습니다. 그의 눈썹은 화난 듯 치켜 올라가 있었고 눈은 독수리보다도 매서웠습니다. 멋진 무늬의 황갈색 날개와 날카로운 발톱은 들던 대로 카리스마가 넘치는 모습이었습니다.

"누가 허락도 없이 이곳을 방문한 것이냐?"

"저는 집오리 더키라고 해요."

"아니, 집오리가 어떻게 여기까지 왔지? 아하, 넌 경비행기를 조종한다는 그 집오리구나! 너에 대해 들은 적이 있다."

"네, 부엉이 씨, 저는 경비행기를 타고 날아다니며 최고의 장면을 찾아다니고 있어요. 당신은 위대한 성취를 한 새라고 들었어요. 당신에게 최고의 장면을 여쭙고자 이렇게 찾아왔습니다."

"최고의 장면이라…. 내가 그것을 알려준다면 넌 나에게 무엇을 해줄 수 있지?"

더키와 호박벌은 가진 게 많지 않았기에 우물쭈물했습니다.

"너희들이 이곳에 머물면서 나의 이야기를 들어준다면, 생각해 보지."

"그건 어렵지 않은걸요."

더키와 호박벌은 성 안의 궁전 같은 방에 안내를 받고 며칠 동안 수리부엉이의 이야기를 들어주기로 했습니다. 매일 달콤한 꿀과 빵이 제공되었기에 더키와 호박벌은 매우 편안히 머무를 수 있었습니다. 매일 밤 수리부엉이는 자신의 이야기를 들려주면서 더키의 의견을 물었습니다.

"내게는 많은 백성 부엉이들이 있단다. 나는 이 성을 정복하는 위대한 성취를 이뤘지만, 내 백성 부엉이들은 나를 존경하지 않아. 많은 부엉이들이 나의 전쟁을 통해 다치거나 목숨을 잃었거든. 너는 청년 오리니까, 네 입장에서 내가 어떻게 하면 좋을지 알려주겠니?"

"음…, 백성 부엉이들은 당신의 진심 어린 사과가 필요하지 않을까요?"

"아니야! 백성 부엉이들은 위대해지기 위해서는 용서가 필요하다는 걸 배워야 해!"

"맞아요. 모든 게 용서될 때의 기분은 정말 유쾌하죠. 알바트로스 씨가 말해준 적 있어요. 하지만 용서에는 오랜 시간이 필요하답니다."

"그런 어리석은 새의 말 따위는 내 알 바 아니야! 어리석은 부엉이들은 나같은 위대한 부엉이가 지도자인 걸 자랑스럽게 여기지 못해. 내가 안전한 곳에서 더 멋진 인생을 살게 해주었는데도 말이지!"

"그렇다고 그들의 마음의 고통이 사라지는 건 아니에요. 그들을 위해서라면 당신은 백성 부엉이들과 함께 있어서는 안 돼요. 그들이 당신을 용서한다고 해서 그들의 상처받은 기억이 사라지는 건 아니거든요. 당신은 영원히 이 성에 혼자 살아야 완벽히 용서받을 수 있어요."

더키의 냉정한 말에 수리부엉이는 울먹이며 돌아섰습니다. 호박벌이 말했습니다.

"당신은 너무 냉정했어요. 수리부엉이는 아마 하루 종일 울 거예요."

"하지만 자신만의 영광을 위해 다른 새를 희생시킨 부엉이는 동정심을 받을 자격이 없단다."

다음 날도 그다음 날도 수리부엉이는 최고의 장면에 대해서 알려주지 않았습니다. 더키와 호박벌은 편한 잠자리에서 달콤한 꿀을 먹으며 하루하루 시간을 보냈지만 기다림에 지쳤습니다. 특히 호박벌의 안색이 점점 안 좋아지기 시작했습니다.

"저, 부엉이 씨. 저희에게 최고의 장면을 언제쯤 알려줄 수 있을까요?"

수리부엉이는 매서운 눈길로 위협적으로 말했습니다.

"최고의 장면이란 건 없어. 알바트로스는 너에게 거짓말을 한 거야."

"아니에요, 그럴 리 없어요. 알바트로스 씨는 모든 새에게 존경받는 위대한 새인걸요."

수리부엉이는 더키가 알바트로스의 칭찬만 하는 게 못마땅했습니다.

"부엉이 씨, 우리는 최고의 장면을 찾기 위해 이 여행을 계속해야 해요. 독수리 씨와 약속도 했구요."

"너희가 여기서 계속 내 얘기를 들어준다면, 나는 너희에게 독수리보다 훨씬 많은 돈을 주마. 매일매일 맛있는 음식도 제공하고. 단, 너희는 내 허락 없이는 이곳을 떠날 수 없어!"

수리부엉이는 방으로 들어가 버렸습니다.

"호박벌아, 부엉이는 신의가 없는 새야. 이곳이 아무리 달콤해도 머물면 안 되겠어. 그가 우리에게 마음대로 행동하면, 우린 대가를 받고 그의 행동을 정당화할 수 있거든. 우리 어서 도망치자."

하지만 더키와 호박벌이 도망치려 해도 성문은 굳게 닫혀 있었습니다. 더키와 호박벌은 탈출하기 위해 높은 성의 창문에서 뛰어내릴 수밖에 없었습니다. 잘 날지 못하는 더키와 호박벌은 데굴데굴 굴러 떨어져버렸습니다. 더키는 몸에 상처가 생겼지만 크게 다치진 않았습니다. 하지만 호박벌은 날개를 크게 다치고 말았습니다. 더키는 호박벌을 안고 부엉이에게 들키지 않게 경비행기를 찾아 몰래 뛰었습니다. 간신히 경비행기를 찾은 더키는 호박벌을 어깨에 올려놓고 빠르게 이륙하기 시작했습니다.

"우리 이제 어디로 가지?"

하지만 경비행기는 얼마 날지 못해 땅으로 떨어져버렸습니다.

"부엉이가 경비행기를 망가뜨려 놓은 것 같아."

#11 세상에서 가장 험난한
고난의 시작

　　　　　　그들이 불시착한 곳은 사막이었습니다. 경비행기는 사막의 푹신한 모래 위에 떨어져 다행히 크게 망가지지 않았습니다. 더키는 열심히 비행기를 고치기 시작했습니다. 날개를 크게 다친 호박벌을 치료하기 위해 빨리 사막을 벗어나야겠다고 생각했지만, 비행기를 고치는 일은 쉽지 않았습니다.

　비행기를 고치는 내내 호박벌은 이상하게 조용했습니다. 유난히 유채색처럼 샛노랬던 줄무늬도 점점 색이 옅어지는 것 같았습니다. 마침 귀여운 사막딱새가 지나가다 더키와 호박벌을 발견했습니다. 너무도 작은 사막딱새는 까만 눈을 깜빡이며 더키에게 말을 걸어왔습니다.

"너는 집오리 아니니? 여기서 뭘 하는 거니?"

"너는 사막딱새구나! 내가 뭘 좀 물어봐도 되겠니? 우리는 지금 너무 목이 말라. 우리에게 오아시스를 알려줄 수 있겠니? 그리고 이곳을 벗어나려면 어딜 향해 가야 하는지도 말이야."

"오아시스는 많이 멀어서 이틀 정도 걸어야 해. 사막여우를 만나 물을 얻어보는 게 어떠니? 이곳에서 조금만 걸어가다 보면 사막여우가 사는 집이 나올 거야. 하지만 사막여우는 장난치는 걸 좋아하니 조심하렴."

더키는 호박벌을 어깨 위에 올려놓고 걷기 시작했습니다. 호박벌은 축 늘어진 채로 더키의 어깨에서 잠이 들었습니다. 더키는 사막여우의 집이 보이자 너무 반가웠습니다. 호박벌을 치료할 수 있게 도움을 받아야겠다고 생각했습니다.

"안녕하세요, 사막여우 씨 계신가요?"

"아니, 너는 집오리가 아니니? 집오리가 사막에 오다니."

"저는 더키라고 해요. 경비행기를 타고 날아다니며 최고의 장면을 찾아다니고 있어요. 사고로 경비행기가 이곳에 불시착하였답니다. 사실 제 친구 호박벌이 많이 다쳤어요. 혹시 물을 얻을 수 있을까요? 호박벌을 치료할 수 있는 약이 있다면 더 좋고요."

사막여우는 무척 큰 귀와 눈을 가졌고, 생각이 깊어 보였습니다.

또 사막의 연한 모래 색과 같은 털을 가지고 있었습니다. 사막여우는 잠시 고민하더니 말을 이어갔습니다.

"우리 집 뒤의 모래 언덕을 건너면, 선인장들의 그늘 사이로 내가 길어다 놓은 물동이들이 한가득 있을 거야. 그중에서 한 동이 정도면 너희가 이곳에서 마시면서 쉬어가기에 충분할 거란다."

"고맙습니다, 사막여우 씨. 제가 물을 가져오는 동안 호박벌이 잠시 당신의 집에서 쉬어갈 수 있을까요?"

"그래, 찢어진 날개를 내가 임시로 붙여줄 수 있지. 꿀도 조금 먹이고 말이야."

"감사합니다, 사막여우 씨."

"그래, 너는 최고의 장면을 찾는다고 했지?"

"네 맞아요. 우리는 세상의 가장 화려하고 가장 높은, 그리고 가장 아름다운 곳들을 수없이 여행했답니다. 하지만 끝내 찾지 못했어요."

"집오리야, 왜 멋지고 화려한 것이 인생의 최고의 장면이라고 생각하는 거니? '최고'라는 말은 모든 걸 은유할 수 있지. 최고의 장면은 고난일 수도, 환상일 수도 있단다. 환상은 때로 널 보호해주는 아주 중요한 역할을 하지."

더키는 사막여우의 말을 곰곰이 생각하며 혼자 모래 언덕을 오르기 시작했습니다. 내리쬐는 태양에 더키의 온몸이 뜨거워졌습니다.

하지만 더키는 호박벌에게 어서 신선한 물과 꿀을 먹이고 싶었습니다. 이 물만 한가득 가져가서 비행기를 고친다면, 다시 시원한 바다를 함께 날면서 호박벌이 회복될 수 있을 것 같았습니다. 하지만 더키가 어지러워서 사막 모래에 주저앉을 때마다 저 멀리 신기루가 보였습니다. 신기루 속에서 더키는 알바트로스처럼 광활한 하늘을 날고 있었습니다. 더키는 상승하는 기류를 타고, 경비행기가 없이도 자유롭게 자신의 날개만으로 세상의 모든 곳을 날아다니고 있었습니다.

"이건 환상일 뿐, 최고의 장면이 아니야. 난 더 이상 알바트로스 씨처럼 날고 싶지 않은걸."

세 번째 이야기

최고의 장면

#12 세상에서 가장 소중한 친구:
호박벌 이야기

더키는 물 한 동이를 들고 다시 힘겹게 여우의 집으로 돌아왔습니다. 호박벌은 여우의 침대에 꿀도 마시지 않은 채 누워 있었습니다. 호박벌은 더키가 길어온 물을 마시지도 못했습니다. 호박벌의 몸은 너무 약해져 있었습니다.

"네가 아프니 내 마음도 너무 아프단다."

더키는 호박벌을 어깨에 올리고 경비행기로 돌아가기 위해 한참 동안 걷기 시작했습니다. 호박벌은 조심스럽게 입을 뗐습니다.

"저는 이제 고향으로 돌아가야 할 것 같아요."

"내가 돈을 많이 벌어서 우리가 매일 좋은 호텔에 머물며 너를 치료해준다면, 넌 나를 떠나지 않을 거니?"

"저는 당신을 떠나고 싶지 않아요. 사실 호박벌은 수명이 아주 짧아요. 수명이 짧기에 영원이라는 말을 아주 좋아하죠. 고향의 꿀을 먹으면 조금이라도 더 살 수 있을 것 같아요."

호박벌의 줄무늬는 더 이상 노란색으로 빛나지 않았고, 여우가 치료해준 날개는 점점 투명해져 갔습니다. 사막을 걷는 더키의 발걸음은 너무나도 무거웠습니다. 사막의 수많은 별들이 눈물처럼 우수수 더키에게로 쏟아질 것만 같았습니다.

"저는 당신이 저를 영원한 친구라고 불러주기 시작했을 때, 밤새 몰래 울었어요. 사실 저는 오래전부터 조금씩 아팠어요. 은행나무 할아버지를 만났을 때쯤부터요. 하지만 저는 당신과의 시간을 놓쳐 버리고 싶지 않았어요. 때때로 아프거나 힘들거나 지친다고 해도, 영원히 포기하고 싶지 않은 마음이 사랑이라고 한다면, 저는 영원한 사랑을 얻은 호박벌이에요. 정말 엄청난 일이죠. 저는 사랑을 얻은 유일한 호박벌일 거예요. 그래서 저는 파랑새처럼 줄곧 당신을 떠나지 않았어요. 저는 당신이 은행나무 할아버지처럼 매순간 영원처럼 행복했으면 좋겠거든요."

"내가 최고의 장면을 빨리 찾을 수 있었더라면, 네가 다치지 않고 더 오랜 시간을 함께할 수 있었을 텐데."

"사실 저는 저의 최고의 장면을 오래전에 찾았어요. 우리는 늘 신선한 꿀 한 그릇을 시켜놓고 사이좋게 나눠 먹었죠. 제가 꿀을 마음껏 마실 때, 당신은 빵에 꿀을 듬뿍 발라 맛있게 먹곤 했어요. 그 순간이 저에겐 가장 완벽한 순간이었어요. 제 인생 최고의 장면이었어요! 전 정말 모든 걸 이룬 멋진 삶을 살았어요."

"나도 너와 함께한 매 순간들이 즐거웠어."

"저는 여행을 시작하던 순간부터 이미 당신이 특별하다는 걸 알았어요. 아무도 저같이 작고 보잘것없는 존재를 쉽게 눈치채지 못하지만, 당신은 한번에 날 알아봤어요. 그건 제게 정말 엄청난 경험이었죠."

호박벌은 숨을 헐떡이며 말을 이어갔습니다.

"우리가 야간 비행을 할 때의 밤하늘의 별들을 기억하나요? 당신은 비행을 하느라 정신없었지만, 저는 하늘에 박힌 그 빼곡한 별들을 아주 천천히 볼 수 있었어요. 별이 제 마음속에 보석처럼 박혀서 저는 세상에서 가장 화려한 호박벌이 된 것 같았다고요. 샹그릴라에 갔을 때 본 에메랄드빛 호수와 색색의 야생화들은 또 어떻고요! 오로라는 말할 것도 없죠. 제 영혼은 그때 극채색으로 영원히 바뀌어 버렸어요. 끝없는 바다의 석양과 혹등고래의 인사는 어떻고요! 핑크빛 소금 바다 속에 비친 제 모습은 플라밍고의 말과는 달리 너무 예뻤어요. 당신이 나를 대신해 플라밍고에게 화가 났을 때 저는 감사한 마음으로 영원히 풍만한 호박벌이 됐답니다. 지금도 저는 제가 유명한 화가가 그린 한 폭의 그림 속에 사는, 눈부시게 아름다운 사막의 호박벌인 것만 같아요. 나는 정말 영원히 행복한 호박벌이에요!"

To. 존경하는 독수리 씨

저는 폭군 수리부엉이를 만나 큰 위험에 처할 뻔했답니다.

결국 최고의 장면을 알아낼 수는 없었어요.

수리부엉이는 위대한 성취를 이뤘지만 마음이 아픈 새였어요.

저의 경비행기가 사막에 불시착했지만,

저는 다행히 사막여우를 만나 도움을 받았습니다.

그곳에서 강렬한 환상을 봤지만

그것 또한 최고의 장면은 아니었어요.

독수리 씨, 저는 이제 더 이상 돈이 필요하지 않아요.

그리고 더 좋은 경비행기도 필요하지 않아요. 더 좋은 머플러도요.

독수리 씨께 죄송하지만 저는 호박벌과 함께 잠시 고향에 돌아가도록 해야겠어요.

From. 더키 드림

#13 함께 한 여행의 끝

호박벌은 더키의 어깨에서 떨어질 것처럼 축 늘어진 채로 말했습니다.

"저는 5월이 가장 좋아요. 봄의 꽃과 여름의 꽃이 만나는 그 지점의 꿀은 아주 맛있답니다. 이제 다시 5월이 되다니. 우리가 만난 지 벌써 1년이 지났군요. 저는 당신 덕분에 아주 오래 산 호박벌이에요."

"나도 5월이 가장 좋아. 비행하기에 가장 완벽한 날씨거든."

"당신은 나와 정말 비슷한 게 많군요!"

"우리 그러면 너에게 소중한 너의 고향으로 같이 비행해서 돌아가자."

"하지만 당신의 최고의 장면은요?"

"이제 더 이상 의미 없는걸."

더키의 경비행기는 더키가 오래전 떠나온 고향을 향하고 있었습니다. 사막과 바다와 수많은 숲과 섬들을 지나, 무수한 석양이 반복되어도 호박벌은 더키의 어깨 위에서 조용히 잠을 잘 뿐이었습니다. 더 이상 재잘재잘 수다를 떨지 않았습니다. 한없는 고요 속에서 더키는 호박벌이 원래 있던 곳으로 며칠을 비행해 날아갔습니다. 그곳은 처음 알바트로스를 만난 곳과 가까운 곳이기도 했습니다.

그곳에 도착하자, 호박벌을 처음 만난 1년 전처럼 유채꽃이 만발하여 온통 샛노란 꽃잎들이 사방에 흩날리고 있었습니다. 하지만 그때와 다르게 호박벌은 죽어가고 있었습니다.

더키는 호박벌을 처음 만났던 그 자리에 호박벌을 놓아주었습니다. 호박벌은 유채꽃의 꿀을 마음껏 먹기 시작했습니다. 입에 꿀을 잔뜩 묻히면서 행복하게 꿀을 먹자, 호박벌에게 다시 유채꽃처럼 노란 줄무늬가 생기기 시작했습니다. 하지만 얼마 지나지 않아 호박벌의 몸이 무지갯빛으로 반짝 빛나더니 풀잎들 위로 힘없이 풀썩 하고 떨어지고 말았습니다. 호박벌은 더 이상 움직이지 않았습니다.

더키는 수많은 유채꽃 잎을 모아서 호박벌 위에 덮어주었고, 그 위로 보슬비가 내리기 시작하자 우산을 씌워주었습니다. 더키는 비를 맞으며 이틀간 그 자리를 떠나지 않았습니다. 더키가 떠나면 홀로 남은 호박벌이 너무나도 외로울 것 같았기 때문입니다. 보슬비가 그치자 작은 무지개가 떴습니다. 더키는 이 무지개가 호박벌을 위해 영원히 떠 있으면 좋겠다고 생각했습니다.

#14 최고의 장면

더키는 마음이 너무나도 아파 걷는 것조차 힘들었습니다. 잔뜩 지치고 여윈 더키는 알바트로스를 찾아갔습니다. 그 사이 많이 늙어버린 알바트로스는 이제 삶의 마지막을 준비하고 있었습니다.

"위대한 알바트로스 씨, 그동안 잘 지내셨나요?"

"집오리야, 나는 네가 돌아올 것을 알고 있었단다."

알바트로스는 예전처럼 맑고 큰 눈으로 인자한 미소를 지었습니다.

"너는 분명 그동안 많은 곳을 여행했을 테지?"

"저는 호박벌과 함께 최고의 장면을 찾아 세상의 수많은 곳을 비행하여 여행했어요. 세상에서 가장 화려한 도시, 가장 높은 곳, 가장 아름다운 장면, 가장 아름다운 사랑, 그리고 고난과 환상도 겪었지만, 결국 최고의 장면을 찾을 수 없었답니다. 저는 실패한 집오리예요."

더키의 눈에서 눈물이 뚝뚝 떨어졌습니다.

"집오리야, 너는 누군가와 함께했기에 이야기로 완성될 수 있었던, 아주 멋진 경험을 했구나. 네가 최고의 장면을 좇는 과정은 분명 힘들었겠지만 즐거운 일도 많지 않니?"

"여행을 하는 동안 세상은 온통 태어나는 찬란한 봄과 같았어요. 매일매일이 5월의 햇살 같은 따스한 시간들이었어요. 하지만 저는 이제 제 마음속의 태양을 잃었어요. 호박벌이 없는 한 저는 앞으로도 최고의 장면을 찾을 수 없을 것 같아요. 이제 저에게 비행은 의미가 없어요. 저는 이제 무엇을 위해 나아가야 할까요?"

상심한 더키를 바라보며 알바트로스는 따뜻한 미소를 지었습니다.

"집오리야, 너는 최고의 장면을 이미 찾았단다."

더키는 알바트로스의 말에 놀랐습니다.

"제가 최고의 장면을 이미 찾았다고요?"

알바트로스는 평화로운 표정으로 말을 이어갔습니다.

"그렇단다. 네가 최고의 장면을 좇느라 경험한 그 모든 것들. 여행지 속에서 만난 수많은 새들과 호박벌과의 이야기. 네가 탐미하고 탐험하며 겪은 모든 경험적인 이야기… 그것들이 좋은 것이든 나쁜 것이든, 최고의 것이든 최악의 것이든 말이야."

더키의 머릿속에 그동안 자신이 지나온 경험들이 파노라마처럼 펼쳐졌습니다.

"네가 겪은 기쁨과 상실, 그리고 그로 인한 아픔과 열정은 모두 너의 마음을 깊게 만들었단다. 그런 경험들이 쌓여, 너도 모르는 사이에 너 자신을 형성하고 있었어."

알바트로스는 눈을 지긋이 감으면서 말을 이어갔습니다.

"시간이 지나 네가 지나온 이 흔치 않은 경험과 감정들은 한 폭의 그림처럼 펼쳐질 거야. 하나의 광활한 평면처럼 말이지. 네가 앞으로 살아갈 삶 속에서, 네 마음에 전시처럼 펼쳐진 이 최고의 장면은 영원히 사라지지 않을 거란다."

알바트로스의 부러진 날개는 마치 하늘을 날고 있는 것처럼 펄럭거렸습니다.

"추억의 가루를 잔뜩 뿌려둔, 소실점을 잃은 그 광활한 평면을 나는 아직도 영원히 날아다니고 있단다. 그 잠들지 않는 기억의 평면 위를… 나의 최고의 장면 위를 말이야. 너도 마찬가지란다. 네가 지나온 모든 강렬한 꿈과 사랑의 순간들을 앞으로 영원히 마음속으로 날아다니겠지."

알바트로스는 눈을 감고 깊은 잠에 빠진 듯했지만 매우 행복한 표정이었습니다. 더키는 알바트로스를 바라보며, 마음속으로 호박벌이 마지막으로 했던 말들을 떠올렸습니다.

To. 존경하는 독수리 씨

당신에게 마지막 편지를 씁니다.

저는 최고의 장면을 찾았어요.

하지만 그게 뭔지, 제 이야기의 마지막 결말은 알려드릴 수 없어요.

그러면 새들은 결과를 미리 알고 흥미를 잃고 실망할 거거든요.

독수리 씨, 이제 저는 더 이상의 돈은 필요 없어요.

저는 고향에 머물며 어린 집오리들, 어린 호박벌들과 시간을 보내며

그들의 꿈을 지켜주고 싶어요. 호밀밭의 파수꾼처럼요.

아마 언젠가 또 다른 어린 집오리가 당신을 찾아가길 바라며.

그리고 제가 성장하여 조금 더 성숙해진 꿈이 생기면

다시 당신을 찾아갈게요.

From. 더키 드림

. . . . . .

에필로그

1. 진정한 사랑
   - What makes it true love

더키는 아주 오랜만에 엄마 오리를 찾아갔습니다. 형제들은 모두 행복한 엄마 아빠 오리가 되어 있었습니다. 그런데 조카 오리들은 이상하게도 다리가 유난히 길었습니다.

더키에게 엄마 오리가 물었습니다.

"더키야, 너의 긴 여행은 어땠니? 네가 원했던 꿈과 사랑을 넘어서는 최고의 장면을 찾았니?"

"그럼요. 엄마, 저는 아주 멋진 여행을 했어요. 무언가 위대한 한 가지 도달점이 있을 거라고 믿는 것, 그 자체가 한 폭의 그림 같은 꿈과 사랑을 이루는 최고의 방법이라는 걸 배웠죠."

더키는 웃으며 말했습니다.

"음…, 그리고 영원한 사랑을 이루기 위해서는 꿀을 아주 많이 먹어야 한다는 것도요!"

"어머, 더키야. 그런데 너는 원래 꿀을 아주 싫어하잖니!"

3. 끝나지 않은 가능성의 이야기
- The rest is still unwritten

바다로 간 집오리
(Sailor Duckey)

잃어버린 행복을 찾아서

차례

2부

첫 번째 이야기: 해변의 집오리

#1 여행에서 돌아온 집오리 … 111

#2 핑크 불가사리와 신비한 산호약 … 117

#3 빈 배의 별 불가사리 … 125

두 번째 이야기: 바다로 떠난 집오리

#4 세상에서 가장 화려한 꿈: 바다거북의 영원한 행복 … 133

#5 세상에서 가장 많은 가족: 갈매기 할머니의 따뜻한 행복 … 141

#6 세상에서 가장 좋아하는 일: 푸른발 새의 진정한 행복 … 150

#7 세상에서 가장 큰 욕심: 반짝이는 불가사리의 눈부신 행복 … 158

#8 세상의 모든 멋진 경험: 이야기꾼 해파리와 멋쟁이 물개가

　　 우연히 발견하는 행복 … 170

#9 세상에서 가장 안전한 삶: 날지 않는 청둥오리의

　　 안락한 행복 … 179

#10 세상에서 가장 많은 기회: 펠리컨의 거창한 행복 … 186

세 번째 이야기: 산호섬의 집오리

#11 별 불가사리의 용기 … 199

#12 스스로 낙원을 만드는 불가사리들 … 205

#13 잃어버린 행복을 찾아서 … 213

에필로그

1 하늘색 거짓말
- Sky Blue Wings of a Beautiful Lie … 222

2 여전히 꿈을 꾸는 바다거북, 아니 어쩌면 영원히
- The Eternal Dream of a Sea Turtle … 226

3 지금 여기, 바로 이 길
- Right Place, On the right track … 229

4 무한한 슬픔의 바다를 행복하게 떠다니는 해파리
- A Jellyfish happily Adrift in the Sea of Sorrow … 230

5 원하는 만큼의 수많은 계절이 지나
- 잃어버린 행복을 찾아서(1) … 234

6 바다로 떠난 새들
- 잃어버린 행복을 찾아서(2) … 236

첫 번째 이야기

해변의 집오리

#1 여행에서 돌아온 집오리

더키는 여행에서 돌아온 후 아침 일찍 일어나 햇빛을 받으며 매일 해변가에 나가 산책을 하곤 했습니다. 해변에는 수많은 바닷새들이 수평선 위로 끝없이 펼쳐진 청량한 하늘을 날아다녔습니다. 때로는 더키가 태어나서 처음 보는 바다 동물들이 해변을 유유히 거닐기도 했습니다. 해변에 석양이 질 때면, 더키가 호박벌과 최고의 장면을 찾아 경비행기로 비행을 할 때처럼 혹등고래들이 꼬리로 더키에게 인사를 해주었습니다. 그럴 때면 더키도 혹등고래들을 향해 날개를 흔들며 인사했습니다. 더키는 해변에서 매일 반복되는 일상에 충실하며, 평화롭고 행복한 하루하루를 보내고 있었습니다.

해변에는 작은 유채꽃밭이 있었는데, 더키는 그곳에 앉아 있는 것을 좋아했습니다. 유채꽃밭에는 가끔씩 아주 어린 아기 호박벌들이 놀러 와 더키에게 이런저런 수다를 떨며 재잘대곤 했습니다. 더키는 아기 호박벌들에게 재미난 여행 이야기를 들려주었습니다. 아기 호박벌들은 꿈꾸는 눈으로 초롱초롱하게 더키를 바라보며 용기 있는 꿈을 키워나갔습니다. 그중 가장 작고, 가장 어린 호박벌은 자신에게 가장 소중한 유채꽃밭의 꿀을 품에 한가득 모아 더키에게 선물로 주곤 했습니다. 더키는 꿀을 좋아하지 않지만, 아기 호박벌 앞에서 아주 맛있게 꿀을 먹어주곤 했습니다. 더키는 이 아기 호박벌이 뿌듯하고 의기양양한 표정으로 더키가 꿀을 먹는 모습을 바라보는 것이 좋았습니다.

"저도 언젠가 다른 동료 호박벌들처럼 높이 날 수 있을까요?"

아기 호박벌은 날개가 작아 다른 호박벌의 절반 높이밖에 날지 못해서 늘 걱정이 많았습니다.

"네가 날고자 하면 날 수 있지, 나와 함께 세상의 모든 멋진 경험을 했던 내 친구 호박벌처럼 말이야."

"깊은 바닷속에 오로라색으로 빛나는 '신비한 산호약'을 먹으면 제 마음의 두려움이 사라져서 높이 날 수 있다고 나비 아저씨가 말해줬어요."

"그랬구나. 하지만 언젠가 스스로의 힘으로도 충분히 날 수 있을 거야. 네가 조금 더 성장해 날개가 조금 더 자란다면 말이야. 내 친구 호박벌도 너처럼 날개가 작았지만, 간절히 날고자 했기 때문에 날게 되었단다."

더키는 재잘대는 아기 호박벌들 옆에 앉아서, 열심히 세상의 새들에게 편지를 쓰기 시작했습니다. 더키는 여행을 마치고 고향에 돌아온 후에 수많은 새들에게 편지를 받았습니다. 더키처럼 최고의 장면을 찾아 떠난 새들이 더키에게 조언을 얻고자 하거나, 또는 자신들만의 최고의 장면을 찾았을 때 더키에게 편지를 보내주곤 했습니다. 더키는 온종일 해변에 앉아 세상의 새들에게 답장을 썼습니다. 용기 있게 여행을 떠난 새들은 참 많은 종류의 새들이었습니다.

그중에는 자신만의 안락하고 따뜻한 곳에서 최고의 장면을 찾은 청둥오리, 평생 단 하나의 최고의 사랑을 찾게 된 원앙도 있었습니다. 하지만 투자자 독수리에게서는 수많은 계절이 지나도 답장이 없었습니다. 독수리가 더 이상 새들에게 투자를 하지 않고, 자신의 높은 집에서 나오지 않은 채 은둔한다는 소문만 무성했습니다. 더키는 독수리가 걱정이 되었습니다.

"독수리가 마음의 병에 걸린 모양이구나."

가끔 더키에게 편지를 전해주러 해변을 방문하는 바다제비가 더키에게 말했습니다.

"마음의 병이요?"

"그래, 새들이 일생에 한 번 겪는 마음의 병이지. 아마 독수리는 큰 성공을 거두었기 때문에, 아마 다른 새들보다 더 큰 마음의 병이 찾아왔을 거야."

"그 병은 치유할 수 있는 병인가요?"

"시간이 지나면 자연스럽게 치유되기도 하지. 그러나 종종 치유되지 못하고 영원히 행복을 잃어버린 채 평생 날지 않고 자신만의 방에서 죽을 때까지 처지를 한탄하며 눈물을 흘리는 새들도 있단다."

"정말 슬픈 병이군요. 독수리 씨도 더 이상 비행도 투자도 하지 않고 몇 계절째 소식이 없답니다. 제가 그를 도울 방법이 없을까요? 저는 독수리 씨께 갚아야 할 은혜가 있거든요."

"안타깝게도 그 병은 혼자 이겨낼 수밖에 없단다. 나는 바닷새에게 소식을 전하기 때문에 신비한 산호약에 대해 꽤 많은 소문을 들었어. 하지만 약의 위치를 정확하게 아는 새는 아직 본 적이 없단다."

바다제비의 말에 더키는 슬픈 표정으로 먼바다를 바라봤습니다. 이렇게 아름다운 바다를 보지 못하고, 높은 하늘의 청량하고 달콤한 공기를 마시지도 못하고, 매일 방에서 날지도 않고 꼼짝도 하지 않은 채 꿈을 잃은 독수리가 너무 안타까웠습니다.

To. 존경하는 독수리 씨

벌써 수많은 계절이 지났는데도
당신에게서 소식을 들을 수 없어 걱정이에요.
저는 요즘 많은 새들에게 편지를 받고 있답니다.
최고의 장면을 찾기 위해 모험을 떠나는 새들이 조언을 구하는 일이
많았어요. 저는 해변의 유채꽃밭에 앉아서 모험을 떠난 새들에게
응원의 편지를 쓰며 하루를 보내곤 한답니다.
안타깝게도 당신이 준 경비행기는 망가져 더 이상 날 수 없게 되었지만,
저는 제 친구 호박벌과 최고의 장면을 찾아 헤맸던 아름다운 비행을
늘 생생히 기억합니다.
저는 당신의 은혜에 늘 감사하고 있어요.
당신이 새들에게 더 이상 투자를 하지 않고,
밖으로도 나오지 않는다고 들었어요.
당신이 잃어버린 일상과 행복을 어서 다시 찾기를 바랍니다.

From. 더키 드림

#2 핑크 불가사리와 신비한 산호약

더키는 최고의 장면에 대해 주고받은 편지 중에서 최고의 사랑을 찾은 원앙의 편지를 찾아서 다시 읽기 시작했습니다.

To. 친애하는 집오리 더키 씨께

집오리 씨, 저는 당신처럼 최고의 장면을 찾아 떠난 지 몇 계절 만에, 드디어 최고의 장면을 찾았답니다.

평생의 사랑인 푸른 원앙에게 줄 가장 아름다운 보석을 찾아 헤맸답니다. 그러다 여러 새들에게 묻고 물어, '가장 아름다운 산호돌'과 신비한 산호약이 존재한다는 산호섬을 결국 찾았답니다.

깊은 바닷속 산호섬에는 각양각색의 불가사리가 산호돌을 만들고 있었어요. 산호돌은 오로라처럼 영원히 빛나는, 세상에서 가장 아름다운 돌이었답니다. 산호섬의 불가사리들은 산호돌뿐만 아니라 오로라색으로 빛나고, 마음의 병을 치유해주는 신비한 산호약도 만들고 있었어요.

저는 열심히 헤엄쳐서 산호섬에 들어가 불가사리들에게 산호돌을 받아 가지고 나왔지만, 거친 파도 때문에 그 섬에 다시는 돌아갈 수 없었답니다. 한참을 날아 다시 제 고향으로 돌아와, 저의 가장 사랑하는 푸른 원앙에게 아름다운 산호돌을 선물하였어요.

제 영원한 영혼의 반쪽인 푸른 원앙이 산호돌을 목에 건 모습은 제 생의 가장 아름다운 최고의 장면이었답니다.

*from. 최고의 사랑과 최고의 장면을 찾은
세상에서 가장 행복한 원앙 드림*

더키는 원앙이 편지 속에 쓴 내용을 곰곰이 생각하며, 여느 때처럼 해변의 유채꽃밭에 나갔습니다. 평소처럼 해변의 물가에서 아주 연한 핑크색 불가사리가 조약돌과 모랫속 진주를 줍고 있었습니다. 핑크 불가사리는 나이가 많이 들어 허약한 몸인데도 불구하고, 새벽부터 저녁까지 쉬지도 않고 해변에서 예쁜 조약돌들과 진주를 골라 주워내어 바닷새들에게 팔곤 했습니다. 어찌나 쉬지도 않고 조약돌을 주웠는지 그의 다리는 다른 불가사리들과 다르게 조금 굽어 있었습니다.

바닷새들은 핑크 불가사리를 '욕심 많은 불가사리'라고 불렀습니다. 핑크 불가사리는 원래 선명하고 화려한 붉은색을 가지고 있었습니다. 그런데 수년간 온종일 태양 아래에서 조약돌을 줍느라 색이 바랬다고 바닷새들이 더키에게 일러주었습니다. 또 바닷새들은 핑크 불가사리가 부자 새들에게 조약돌과 진주를 팔고 흥정할 때만 겨우 대화를 하는 퉁명하고 어리석은 불가사리라고 했습니다.

핑크 불가사리는 다른 바닷새들의 말을 개의치 않고, 더키가 편지를 쓰고 있는 해변가에서 매일매일 조약돌을 주웠습니다. 더키가 인사를 해도 핑크 불가사리는 반갑게 인사를 해주기는커녕 늘 모른 척하고 쳐다보지 않았습니다.

"안녕하세요, 핑크 불가사리 씨. 오늘도 좋은 아침이에요. 오늘은

파도가 예쁜 조약돌들을 많이 가져다주었나요?"

핑크 불가사리는 퉁명스러운 얼굴로 예쁜 조약돌을 찾기 위해 모래사장을 주의 깊게 살펴보며 대답했습니다.

"오늘은 많지 않군. 온통 쓸데없는 조개껍데기뿐이야."

"핑크 불가사리 씨, 저는 당신에게 물어볼 것이 있어요. 당신은 새들의 마음의 병을 단번에 고칠 수 있는 산호약에 대해서 들어본 적이 있나요?"

핑크 불가사리는 평생을 해변가에서 온갖 종류의 바닷새들을 만나 조약돌을 팔아왔기에 많은 것을 알고 있었습니다. 그는 해변에서 일어나는 일은 무엇이든지 다 알고 있었습니다. 핑크 불가사리는 보통이라면 조약돌을 사지 않는 새들의 말은 무시했겠지만, 그는 더키가 그의 일에 방해되지 않게 늘 구석진 유채꽃밭에서 조용히 편지를 쓰는 친절한 새라는 걸 알았기 때문에, 잠시 더키의 말을 들어주기로 했습니다.

"오로라색으로 빛나는 신비한 산호약을 말하는 게로군. 그건 왜 묻는 것이지? 어떤 새가 큰 마음의 병에 걸렸나 보구나."

"맞아요, 핑크 불가사리 씨. 그 신비한 약이 마음의 병을 치료할 수 있다고 들었어요. 제가 아는 독수리 씨가 몇 계절째 마음이 크게 아프답니다. 저는 독수리 씨가 잃어버린 행복을 찾아주고 싶어요.

저는 그에게 큰 은혜를 입었거든요."

"신비한 산호약은 바닷속 깊은 곳에 있는 산호섬에서만 만들어지는 진귀한 물건이지. 그 약은 새들의 마음의 상처를 단번에 치유해 주고, 산호약을 먹은 새들은 용기 있는 새들이 되지. 하지만 산호약은 매우 구하기 어렵다고 들었어. 차라리 독수리의 마음을 위로해주는 게 빠를지 몰라."

"마음을 크게 다친 새들에게 위로의 말은 더 아플 뿐이에요. 저는 그를 치료할 약을 직접 구하러 가고 싶어요."

"바닷새들도 그 섬의 위치를 잘 몰라. 너는 경비행기가 있으니 비행을 해서 찾아볼 수 있겠군."

핑크 불가사리는 높이 날지 못하는 더키의 흰 날개를 힐끗 보고는 퉁명스럽게 대답했습니다.

"독수리 씨가 제게 준 경비행기는 망가져서 다시는 날 수 없게 되었어요."

"그렇다면 원앙이나 펭귄처럼 깊은 바다를 오래 헤엄칠 수 없는 너는 그곳에 도착할 수 없을 거야. 배를 타면 모를까…."

더키는 실망한 채 생각에 잠겼습니다. 바다는 너무 끝없이 넓어서, 더키가 여행을 하기에는 무리였습니다. 더키는 얕은 물 위를 헤엄쳐 먹이를 잡는 일은 누구보다 잘했지만, 바다를 여행하려면 아주 멀리, 아주 깊이 헤엄쳐야 했습니다. 더키는 해변의 빈 배들을 보며 골똘히 생각하다 입을 뗐습니다.

"핑크 불가사리 씨, 그럼 산호섬에 배를 타고 갈 수 있도록 가장 좋은 빈 배가 무엇인지 알려주실 수 있나요?"

핑크 불가사리는 뭔가 열심히 궁리하는 듯한 표정이었습니다. 그러고는 부자 새들에게 조약돌을 팔며 흥정할 때처럼 아주 매서운 표정으로 변했습니다.

"그렇다면 넌 나에게 무엇을 해줄 수 있지? 내가 가장 좋은 빈 배를 알려준다면 말이야. 이 버려진 배 중에 가장 좋은 배는 오직 나만이 알고 있단다."

가진 게 많지 않은 더키는 원앙이 자신이 가장 사랑하는 푸른 원앙에게 선물한 편지 속의 산호돌을 떠올렸습니다.

"산호섬에는 마음의 병을 치유해주는 산호약 말고도, 불가사리들이 만드는 오로라색으로 영원히 빛나는 진귀한 산호돌이 있다고 해요. 색색의 산호로 만든 세상에서 가장 아름다운 산호돌이요. 제가 그걸 꼭 가져와서 핑크 불가사리 씨께 드릴게요."

더키의 말을 듣자, 핑크 불가사리의 주름지고 빛바랜 얼굴에 크게 화색이 돌았습니다. 핑크 불가사리가 매일 줍는 예쁜 조약돌보다 몇십 배는 더 아름다울 것이 분명했기 때문입니다. 더키는 다음 날 핑크 불가사리를 만나기로 약속하고, 집으로 가 긴 항해를 위한 물건들을 챙겼습니다.

#3 빈 배의 별 불가사리

다음 날 더키는 여행 채비를 충분히 하고, 핑크 불가사리를 만나기 위해 아침 일찍 해변에 도착했습니다. 더키는 유채꽃밭의 어린 호박벌들에게 작별 인사 하는 것을 잊지 않았습니다. 그중에 가장 작은 아기 호박벌은 크게 아쉬워하며 유채꽃 꿀을 가득 챙겨주었습니다. 더키는 편지와 함께 소식을 전해주던 바다제비에게도 작별 인사를 나눴습니다. 더키는 일상의 행복을 뒤로하고 여행을 떠나는 게 아쉬웠지만 한편으론 바다에서 새롭게 겪을 일들이 기대됐습니다.

핑크 불가사리는 더키와 헤어졌던 해변의 자리에서 미동도 않은 채 더키를 기다렸습니다. 그는 뜨거운 아침 햇볕에 매우 피곤하고 지쳐 보였지만, 그의 얼굴은 산호돌에 대한 기대로 아주 설레 보였습니다. 핑크 불가사리는 가까운 거리의 해변의 빈 배들 중에서도, 가장 작지만 튼튼해 보이는 배로 더키를 안내해주었습니다.

"이 작은 배는 가벼운 네가 타고 여행하기에 좋단다. 아주 튼튼해서 절대 망가지지 않지. 바닷새들이나 바다 동물들에게 조류의 방향을 물어보면 꽤 빠르게 항해할 수 있을 거야. 그들은 위험한 곳을 미리 알려주기도 하거든."

빈 배를 알려준 핑크 불가사리는 몇 번이고 매서운 얼굴로 더키에게 단단히 일러두었습니다.

"산호섬을 발견하면, 오로라빛으로 빛나는 진귀한 산호돌을 가져온다는 약속을 꼭 지켜야 해!"

핑크 불가사리는 더키를 향해 몇 번이나 뒤를 돌아보다가, 굽은 다리를 절뚝이며 다시 해변가에서 하루 종일 조약돌을 줍기 위해 더키를 두고 떠났습니다. 빈 배는 두 마리의 새밖에 타지 못할 정도로 작았지만 핑크 불가사리의 말대로 아주 튼튼해 보였습니다. 더키는 배를 타 본 적은 없지만 바다의 조류를 이용해 멀리까지 나아가다 보면 여러 바닷새들을 만나 산호섬의 위치를 알아낼 수 있을 거라고 희망을 가졌습니다. 신비한 산호약을 가져와, 독수리의 잃어버린 행복을 찾아줄 생각에 설레며, 더키가 용감하게 배에 올라타 바다를 향하려는 순간, 어디선가 수줍은 작은 목소리가 들렸습니다.

"안녕하세요, 집오리 씨. 잠시만 기다려주세요."

이 목소리는 빈 배의 바닥에 붙어 있던 작은 '별 불가사리'가 내는 목소리였습니다. 별 불가사리는 하늘의 별처럼 생긴 청량한 파란색 몸에, 레몬색의 별 모양 무늬 3개가 작게 가슴에 박힌 귀여운 불가사리였습니다. 핑크 불가사리와는 생김새와 종류가 달랐습니다. 그런데 별 불가사리의 몸에는 생채기가 많이 있었습니다.

"너는 누구니? 너는 꼭 하늘의 반짝이는 별을 닮았구나. 네 가슴에도 노란 별이 박혀 있는걸?"

"와, 그건 불가사리들이 가장 좋아하는 칭찬이에요. 가장 멋진 불가사리들만이 별이 될 수 있다는 말이 있거든요. 밤하늘의 반짝이는 별이 되는 건 모든 불가사리들의 꿈이랍니다."

"나는 집오리 더키라고 한단다. 너는 여기서 뭘 하고 있는 거니?"

"당신을 알고 있어요. 최고의 장면을 찾기 위해 파일럿이 된 멋진 새라는 걸요. 많은 바닷새들이 당신의 이야기를 해줬답니다. 저 또한 모두가 잠든 무료한 밤이 되면, 어두운 바다에 저의 최고의 장면을 혼자 그려보며 시간을 보낸답니다."

"그럼 너는 이 배에 혼자 살고 있는 거니? 너의 이름이 뭐니?"

"저는 '별 불가사리'라고 해요. 바닷새들은 별 모양을 닮은 저를

'별'이라고 부른답니다. 저는 낡고 움직이지 않는 작은 배에 붙어서 살아왔어요. 저는 다른 불가사리와 다르게 몸이 너무 약해서 쉽게 다치기 때문에, 바닷속 깊이 들어가지 못한답니다. 그리고 깊은 바닷속에서는 숨을 제대로 쉬지 못해 오래 살지 못해요. 저의 가족과 친구 불가사리들은 모두 깊은 바닷속으로 여행을 떠났어요. 집오리 씨가 괜찮다면 제가 이 배에 계속 붙어서 당신과 함께 여행을 해도 될까요? 저는 이 배를 떠나고 싶지 않아요. 그리고 한 번쯤 넓은 바다를 탐험하며, 말로만 듣던 세상의 모든 멋진 경험을 해보고 싶어요."

"별아, 그건 어렵지 않지만, 나는 새들의 마음의 병을 치유해주는 신비한 산호약을 찾아 바닷속 깊은 곳의 산호섬에 갈 생각이란다. 마음의 병에 걸린 독수리 씨의 잃어버린 행복을 찾아주어야 하거든. 몸이 약한 너에게는 아주 어려운 여행이 될 거야. 산호섬의 위치를 정확히 아는 새들이 별로 없거든."

"저는 이 해변을 벗어난 적이 없지만, 해변에 놀러 오는 바다 동물들을 많이 만났기 때문에 당신에게 바다에 대한 많은 걸 알려줄 수 있어요. 여행가 소라게 씨가 저에게 늘 많은 소식을 가지고 해변에 돌아오거든요."

더키는 동반자가 있는 여행은 외롭지 않을 거라고 생각해서 내심 '별 불가사리'의 동행이 기뻤습니다. 더키가 별 불가사리와 항해를 시작하려는 그때, 저 멀리서 핑크 불가사리가 더키에게 다리를 절뚝이며 뛰어오고 있었습니다. 핑크 불가사리의 손에는 조개 지갑이 들려 있었습니다. 그는 몹시나 헐떡이면서 더키에게 신신당부하며 말했습니다.

"산호돌이 다치지 않게 여기에 잘 넣어오라구!"

핑크 불가사리는 더키에게 조개 지갑을 보여주며 말했습니다. 별 불가사리는 핑크 불가사리를 걱정스러운 얼굴로 바라보며 말했습니다.

"핑크 불가사리 씨, 너무 무리하지 말고 쉬어가면서 일하세요. 당신은 어제 밤새 밤하늘을 보느라 잠을 한숨도 못 잤잖아요. 당신의 몸이 너무 안 좋아서 걱정이에요."

더키가 보기에도 핑크 불가사리는 바로 어제보다도 더 지친 기색이 역력했습니다. 그는 금방이라도 쓰러질 듯한 안색에, 그나마 남아 있던 몸의 핑크색 빛도 더더욱 연해져서 희미한 회색 불가사리가 되어가고 있었습니다.

"핑크 불가사리 씨, 저는 집오리 씨와 함께 산호섬에 갈 거랍니다. 앞으로 꽤 오랜 시간 보지 못할 거예요. 하지만 바다제비 씨를 통해 종종 저에게 소식을 전해주셔요. 꼭이요. 알겠죠?"

"어리석은 별 불가사리가 쓸데없는 걱정이 많구나! 산호돌이나 다치지 않게 잘 챙겨와!"

핑크 불가사리는 퉁명스럽게 조개 지갑을 별 불가사리의 손에 쥐여주었습니다.

"나는 나이가 많은 한 부자 갈매기가 신비한 산호약을 먹고 마음의 병이 나은 뒤에, 잃어버린 행복을 다시 찾았다는 얘기를 들은 적이 있다. 바다 동물들의 안내를 따라 남쪽으로 향하는 따뜻한 조류를 타고 가보렴. 그곳엔 갈매기들이 모여 사는 따뜻한 섬이 있으니."

두 번째 이야기

바다로 떠난 집오리

#4 세상에서 가장 화려한 꿈:
바다거북의 영원한 행복

　　더키는 핑크 불가사리가 가르쳐준 대로 남쪽으로 향하는 조류를 타고 갈매기섬으로 항해를 시작했습니다. 다행히도 첫날부터 날씨가 너무나 좋았습니다. 더키와 별 불가사리를 태운 배는 잔잔한 파도를 타고 순항했습니다. 짙은 남색의 바다 위를 날아다니는 수많은 바닷새들이 더키의 배를 지날 때마다 신기한 듯 더키를 바라봤습니다. 하얀 구름은 몽글몽글 수평선 위로 피어올라 푸른 파도 위를 넘실거렸습니다.

　　"별아, 너의 꿈은 멋진 불가사리가 되어 반짝이는 별이 되는 것이라고 했지?"

　　"맞아요. 보통의 불가사리들은 늘 도망쳐버리기 바쁘거든요. 바닷새들이 늘 우리를 '도망치는 불가사리'라고 놀리죠. 그래서 도망치지 않고 온 힘을 다해 책임을 다하는 멋진 불가사리만이 반짝이는 별이 될 수 있다는 전설이 있어요. 모든 불가사리들은 반짝이는 멋진 별이 되는 것이 꿈이랍니다."

"불가사리들은 어디로 그렇게 도망을 치는 거니?"

"깊고 깊은 바닷속으로요. 몸이 약한 저와는 다르게, 다른 불가사리들은 원래 심해에서도 살 수 있거든요. 그래서 그들은 종종 도망가고 싶을 때, 늘 햇빛이 들지 않는 점점 깊은 바닷속으로 도망가버리죠. 이런저런 핑계를 대면서요. 어떤 바닷새들도 그들을 다시는 찾을 수 없게요. 그래서 저는 어디로도 가지 않고 늘 해변에 있는 핑크 불가사리 씨를 사랑하고 존경한답니다."

"별아, 너는 참 마음이 따뜻하구나. 핑크 불가사리 씨는 내게 늘 무뚝뚝하거든."

"핑크 불가사리 씨는 겉으론 무뚝뚝하지만 마음만은 늘 친절하답니다. 모두들 혼자인 저에게 유난히 따뜻하게 대해줘요."

별 불가사리는 의기양양하고 뿌듯한 표정이 되었습니다. 마침 지나가던 바다거북이 갸우뚱하면서 더키에게 말을 걸어왔습니다. 바다거북은 짙은 청록색 몸에 아주 반짝이고 큰 눈, 그리고 언제나 웃는 표정을 가진 활발한 거북이었습니다.

"아니, 집오리가 바다를 항해하다니, 이게 무슨 일이람?"

"안녕하세요, 바다거북 씨! 저는 집오리 더키라고 해요. 마음의 병을 앓는 새들을 치유해주는 신비한 산호약을 찾기 위해서 제 친구 별 불가사리와 함께 산호섬에 가는 중이랍니다."

바다거북은 더키 옆에서 함께 항해하는 별 불가사리를 유심히 바라봤습니다.

"아니, 넌 어디서 많이 본 불가사리 같은데…?"

"바다거북 씨! 오랜만이에요. 저는 해변의 빈 배에 살고 있던 별 불가사리예요. 당신이 종종 해변에 쉬러 나올 때 봤었죠! 저희는 갈매기들이 모여 사는 섬에 가고 있어요. 그곳에 산호약을 먹고 마음의 병이 치유된 갈매기가 살고 있다고 들었어요."

"그래, 그래. 빈 배에서 여행을 떠난 가족들을 기다리던 별이구나! 너의 빈 배가 여기까지 나오다니! 너희는 이 따뜻한 조류를 타고 한참을 가야 할 거야. 하지만 맞는 방향으로 가고 있으니 걱정하지 말렴."

눈이 유난히 크고 별처럼 반짝이는 바다거북은 더키를 신기하게 바라봤습니다.

"집오리야, 내가 너의 배에서 잠깐 쉬어가도 되겠니?"

바다거북은 몹시도 행복하고 들뜬 표정으로, 더키의 대답을 듣기도 전에 더키의 배에 냉큼 올라탔습니다. 가까이서 더키를 바라보는 그의 눈은 집오리를 처음 보는 호기심과 설렘에 별처럼 반짝거렸습니다. 더키는 바다거북을 보기만 해도 행복해지는 느낌이었습니다.

"바다거북 씨, 당신은 무척이나 행복해 보이는데 오늘 무슨 기분 좋은 일이 있었나요?"

"나는 매일매일 행복하지. 단 하루도 빼놓지 않고 말이야! 나는 오늘도 바다를 힘껏 비행했는걸!"

"바다를 비행했다구요?"

"그래! 나는 어렸을 때부터 늘 높은 하늘을 날며 세상을 여행하는 바닷새들을 부러워했거든. 한동안 나는 자유롭게 창공을 날지 못하는 무거운 내 몸을 원망하고 슬퍼했단다. 그런데 어느 날 바닷속 깊이 닿았다가 수면 위로 솟아오르면서, 문득 깨달았지! 내 삶이 매일 바다를 날아다니며 여행하는 엄청난 삶이란 걸! 바다는 하늘보다 훨씬 넓고, 깊고, 아름다운 걸 깨닫는 순간이 내 화려한 꿈이 이루어지는 순간이었단다. 바다는 어찌나 깊은지 몰라. 아주 깊숙한 곳까지 닿았다가 다시 해수면 위로 오를 때면, 하늘보다 더 높이 날아오르는 느낌이지! 새들이 닿을 수 없는 바닷속 깊은 곳의 이 화려한 아름다움을 내가 볼 수 있다니! 그래, 나는 매일 바다를 비행하고 있어! 하늘보다 더 높이!"

바다거북은 무척이나 활기차고 유쾌한 성격을 가졌기에 듣고 있는 더키와 별 불가사리도 힘이 나는 느낌이었습니다.

"나는 오늘도 수십 킬로 바다 아래 색색의 물고기 친구들을 만나고 오는 길이란다! 방금은 해수면의 분홍빛 돌고래를 만났지. 사실 오늘은 아침에 일어나서 육지 새를 한 번 만나보고 싶다고 생각했거든! 널 만난 건 우연이 아니야! 세상이 내 꿈을 매일매일 이루어주고 있다고!"

바다거북은 흥분한 말투로 더키의 날개를 꼭 잡고 마구 흔들며 기쁜 얼굴로 말했습니다.

"내 하루는 매일의 화려한 여행이란다. 나는 매일매일 아침에 어떤 먹이를 먹게 될지, 어떤 바다 동물을 만나게 될지, 전날 잠이 들 때부터 설레는걸. 내일 무슨 일이 일어날지 기대돼서 도무지 잠이 오질 않는단 말이지! 매일 바뀌는 태양의 빛이 바다에 들어올 때의 그 화려함은 얼마나 아름다운지! 바다 깊은 곳에 들어가서 만날 수 있는 조개들과 해파리들은 또 어찌나 아름다운지!"

"당신은 정말 꿈같이 행복한 삶을 살고 있군요."

바다거북은 더키의 배에서 내려 다시 바다로 돌아가는 순간에도 뭐가 그리 행복한지, 춤을 추듯 몸을 한 바퀴 휙 돌리며 배에서 뛰어내렸습니다. 바다거북의 청록색 몸이 '첨벙' 소리와 함께 바닷속으로 사라지자, 별 불가사리가 조심스럽게 더키에게 속삭였습니다.

"사실 바다거북 씨는 기억력이 매우 안 좋답니다. 그래서 늘 많은 걸 잊어버리고 모든 바다 동물을 마치 처음 만난 것처럼 반가워해준답니다. 늘 가던 곳에 도착해서도, 새로운 곳에 도착했다며 깜짝 놀라면서 행복의 노래를 불러요. 안 좋은 일도, 상처도 아픔도 아주 금세 까맣게 잊어버리고 말죠. 그래서 그는 온통 세상엔 좋은 일만 가득하다고 믿는답니다."

바다거북은 지그재그로 이리저리 헤엄치고, 행복의 노래를 부르면서 힘껏 바다를 비행하기 위해 배를 뒤로하고 떠났습니다.

"그래, 오늘은 너무나도 특별한 날이야. 내가 집오리와 만나다니! 그것도 바다에 나온 집오리를 만나다니 말이야! 세상에, 이건 정말 있을 수 없는 엄청난 일이야. 아주 멋진 선물 같은 일이야. 나는 세상에서 가장 행복한 바다거북이라고!"

바다거북의 설렘과 기대로 가득한 뒷모습을 보며, 별 불가사리가 말했습니다.

"저는 안 좋은 일들을 금세 까먹는 바다거북 씨가 참 많이 부러워요. 새로운 행복을 마음속에 매일 채워 넣는 건 꽤 어려운 일이거든요. 아주 많은 노력이 필요한 일이죠. 바닷새들은 노력하지 않아도 영원히 행복으로 반짝이는 바다거북을 보며 '착각 속에 사는 바다거북'이라며 때로 질투를 하기도 해요. 바다를 비행하고 있다고 착각하는, 바보 같은 거북이라고 놀리기도 하죠."

"내가 보기에 바다거북은 누구보다 행복하기 위해 노력하는 것 같은걸? 매일매일 깊은 바닷속에서 해수면까지 여행하며 많은 바다동물을 만나는 건 쉽지 않은 일이야."

더키는 바다거북이 행복하게 살아가는 방식이 좋았습니다. 어느새 시야에서 사라져버린 바다거북이 지나간 바다 위로 붉은 석양이 지기 시작했습니다. 더키는 석양이 지는 바다를 바라보면서, 어서 신비한 산호약을 찾아내어 독수리 씨가 잃어버린 행복을 찾아, 바다거북처럼 행복의 노래를 부르면 좋겠다고 생각했습니다.

#5 세상에서 가장 많은 가족:
갈매기 할머니의 따뜻한 행복

바다거북이 알려준 대로 따뜻한 조류를 타고 남쪽으로 한참을 가자, 갈매기들이 모여 사는 작은 섬이 보였습니다. 그곳은 나무가 많고 아주 온난한 날씨를 가진 섬이었습니다. 갈매기들은 남쪽 섬에서 따뜻한 여름을 보내고, 북쪽 섬으로 날아가 또다시 따뜻한 여름을 보내는 철새였습니다. 더키는 갈매기들의 섬에 도착하기도 전에 새하얀 눈부신 수십 마리의 새들이 모여 있는 것을 보고 탄성을 질렀습니다.

"와아! 정말 많은 갈매기들이 모여 있구나!"

더키를 발견한 갈매기들은 반갑게 날개를 흔들며 인사를 해주었습니다. 그중에서 가장 나이가 많은 갈매기 할머니는 더키를 아주 신기하게 바라보았습니다. 갈매기 할머니는 머리에 까만 모자를 쓴 것처럼 머리 부분만 까맣고 온몸이 새하얀, 그리고 부리는 아주 짙은 노란색으로 날렵하게 생긴 새였습니다. 하지만 할머니 갈매기의 눈은 아주 온화하고 따뜻해 보였습니다.

"아니, 집오리가 바다에 나오다니? 이게 무슨 일이람?"

"안녕하세요, 갈매기 할머니. 저는 집오리 더키라고 해요. 저는 제 친구 별 불가사리와 함께 산호섬에 가는 중이랍니다. 새들의 마음의 병을 치유해주는 산호약을 구하기 위해서요. 독수리 씨의 잃어버린 행복을 찾아주고 싶거든요. 저는 당신이 산호약을 먹고 마음의 병을 고쳤다는 얘기를 들었답니다."

수줍은 별 불가사리도 더키의 뒤에 숨어서 기어 들어가는 목소리로 갈매기 할머니에게 인사했습니다.

"산호섬의 신비한 산호약을 말하는 게로구나! 일단 이리 와서 앉으렴!"

더키는 별 불가사리와 함께 갈매기 가족들이 안내하는 초록색 큰 잎으로 만든 집으로 들어갔습니다.

"갈매기 할머니, 할머니는 가족이 아주 많군요! 이 수십 마리의 갈매기들은 모두 할머니의 가족인가요?"

"그렇지! 여기 있는 바다 갈매기들은 모두 나의 자녀와 손주 갈매기들이란다. 지금은 여름이라 아이들이 나와 함께 남쪽 섬에서 백야의 여름을 보내고 있지만, 이곳의 여름이 끝나고 어둠이 찾아오면, 아주 긴 여행을 떠나 북쪽에 있는 섬으로 이동해 다시 따뜻한 백야를 지내게 된단다. 나의 가족 갈매기들은 평생 별에 몇 번이나 다녀올 만큼의 거리를 여행한단다."

갈매기 할머니의 얼굴은 자랑스럽고 뿌듯해 보였습니다.

"우리 갈매기들은 언제나 태양을 좇으며 살아간단다. 백야의 계절엔 밤이 없어, 우리는 그늘조차 없는 새들이 되어버리지. 불행을 모르는 새들, 그래서 사람들은 우리를 행복밖에 모르는 밝은 새들이라 부르지. 하지만 그런 삶을 살기 위해 우리는 충분히 먹지도, 쉬지도 못한 채, 마음속 별을 나침반 삼아 긴 비행을 이어간단다."

'별'이라는 말이 나오자, 별 불가사리의 눈이 반짝반짝해졌습니다.

"우리 갈매기들은 평생 가장 많은 햇빛을 보며 사는 동물이기도 하지. 하지만 나는 아니란다."

갈매기 할머니는 이제 나이가 너무 많이 들어 긴 거리를 여행하는 것이 어려워졌습니다. 다른 가족들과 함께 북쪽 섬으로 떠나지 않고, 남쪽 섬에 남아 몇 계절 동안 긴 추위 속에 극야의 어둠을 보내고 있었습니다. 다시 남쪽 섬에 백야가 찾아오기 전까지, 갈매기 할머니는 몸이 약한 새끼 갈매기들을 보호해주고, 길을 잃은 새들을 보호해주기도 했습니다.

"나는 긴 어둠 속에서 가족을 위한 먹이도 모아두고, 집도 지어두곤 한단다. 반짝이는 조약돌을 팔아 많은 돈도 벌고 말이야. 나는 평생 부지런히 일하며 꽤 많은 돈을 벌었단다."

"하지만 갈매기 할머니, 극야의 어둠과 추위가 많이 힘들지 않나요?"

"가족들이 비록 곁에 없어도, 그들과 함께한 추억만으로도 따스한 힘이 되지. 추억이 있는 건 엄청난 거야. 추억을 연료 삼아 살아가는 새들은 그 어떤 새들보다 따뜻한 삶을 살지. 내 어린 갈매기들이 아주 멀리 여행을 하더라도, 누구보다 따뜻한 비행을 하듯이 말이야."

별 불가사리는 갈매기 할머니의 말을 유의 깊게 들었습니다.

"그래, 나는 내가 아주 행복하다고 믿어온 갈매기였단다. 아니, 나는 사실 행복에 대해 생각할 겨를이 없었지. 하지만 어느 날부터 나의 가족 갈매기들이 내가 있는 남쪽으로 돌아오는 시간이 점점 늦어지면서 많은 생각을 하게 됐단다. 나는 왜 세상을 더 자유롭게 돌아보지 못했는지, 어두운 극야를 겪어야 하는지, 왜 더 따뜻하고 아늑한 삶을 일구지 못했는지 많은 후회가 들면서 극야의 어둠이 견딜 수 없이 힘들어졌단다.

그때 시름시름 앓는 나를 걱정하는 아들 갈매기가 제안을 했어.

신비한 산호약을 찾아 산호섬에 가 보기로 했지."

더키는 신비한 산호약 이야기가 나오자 기대와 설렘에 마음이 두근거렸습니다.

"하지만 집오리야, 미안하지만 나는 산호약을 발견하지 못했어. 산호약이 있는 산호섬은 꽤나 깊은 바다에 있더구나. 나와 아들 갈매기가 들어갈 수 없었어. 나는 산호약을 발견하지 못해서 너무나도 슬펐지. 이 섬으로 돌아올 때 아주 많은 눈물을 흘리며 돌아왔단다. 그런데 그때 아주 신기한 일이 일어났지."

갈매기 할머니는 저멀리 해변에서 신나게 먹이를 잡고 있는 자녀 갈매기 무리를 바라보며 따뜻한 미소를 지었습니다.

"돌아오는 길에 난 보았지, 수십 마리의 내 가족이 나를 간절히 기다리고 있는 걸. 나는 순간 그 수많은 흰 갈매기 무리를 알아보지 못하고, '저 어마어마하게 눈부신, 태양 같은 섬은 뭘까?'라고 생각했지 뭐니? 그 하얗고 아름다운 태양 같은 섬은 내 가족 갈매기들이 나를 기다리느라 옹기종기 모여 있는 모습이었단다. 세상에 이보다 큰 감동이 있을까? 이렇게나 많은 수의 사랑이라니. 저 수십 마리의 갈매기들을 보렴. 모두 나의 사랑으로 키워온 갈매기들이지."

안전하고 풍요롭고 행복하게 자라온 갈매기들은 마음속에 어둠이 없었습니다. 갈매기 할머니 덕분에 늘 안전하게 영원히 백야를 살 수 있었기 때문입니다. 그들은 세상엔 따스한 햇빛만 있다고 믿어서, 그들의 마음도 갈매기 할머니처럼 늘 여유롭고 평화로웠습니다. 그들은 남극에서 북극으로 긴 여행을 갈 때도 불평도, 단 한 마리의 이탈도 없이 아주 강한 마음으로 비행했습니다. 갈매기 할머니가 그들의 마음속의 반짝이는 별이었기 때문입니다.

"나의 섬을 바라보며 마치 세상의 빛을 내가 만들어낸 것 같은 기분이 들었어. 내가 세상에 남기고 가는 거대한 태양처럼 영원히 찬란한 빛을 내가 만든 거지. 내가 보낸 수많은 어둠들이 결국 이 태양을 만들어낸 거야. 그 순간, 나는 내 마음의 병이 다 나은 것을 느꼈단다. 비록 산호약은 먹지 못했지만 말이야."

갈매기 할머니는 모아놓은 많은 돈으로 굶주린 바닷새들에게 먹이를 나눠주고, 두려운 새들이 비행을 잠시 쉬어갈 수 있도록 터전을 마련해주기도 하면서, 태양 같은 어린 가족 갈매기들을 기다리며 긴 극야의 어둠을 행복하게 보내고 있었습니다.

"나는 세상에서 가장 깊고 따뜻한 행복을 느끼는 갈매기란다. 매일매일 성실하게 눈부신 터전을 가꾸어온 내 삶이 나는 너무나도 마음에 든단다."

갈매기 할머니의 얼굴은 별처럼 밝게 빛났습니다.

"집오리야, 나는 산호약을 찾으러 갈 때 우연히 '푸른발새'를 만났는데, 그가 산호섬으로 가는 방법을 가르쳐줬단다. 그는 산호약을 마시고 마음의 병을 단번에 고친 새거든. 푸른발새가 사는 섬은 여기서 많이 멀지 않으니, 이 섬에서 조금 더 서쪽으로 항해를 해보렴. 서쪽을 향하는 조류를 타고 가다 보면 모든 게 노란색으로 빛나는 섬이 보일 거야."

별 불가사리와 더키는 갈매기 할머니의 말을 따라 석양이 지는 방향을 따라 서쪽으로 향했습니다. 산호약이 정말 존재하는 걸까 내심 반신반의하던 더키도 이제는 산호약을 먹은 새를 만날 생각에 안심이 되었습니다.

해가 지기 시작하자, 깊은 생각에 잠겨 있던 별 불가사리는 더키에게 나직하게 말했습니다.

"산호약이 없이도 행복을 찾은 갈매기 할머니는 참 대단한 것 같아요. 저도 언젠가 갈매기 할머니처럼 영원한 태양 같은 마음속의 행복을 갖게 될까요?"

To. 존경하는 독수리 씨 - 여행을 왔습니다

저는 새로운 친구 별 불가사리와 함께 여행을 왔어요.
저는 당신에게 드릴 신비한 산호약을 구하기 위해
빈 배를 타고 바다를 항해하고 있답니다.
이 약은 새들이 앓고 있는 마음의 병을 낫게 하는 약인데,
바닷속 깊은 산호섬에 있는
색색의 불가사리들이 만드는 약이라고 해요.
그리고 빈 배를 알려준 핑크 불가사리를 위해,
산호돌을 함께 가져와야 한답니다.
저는 여행을 하며 많은 바다 동물들을 만나고 있어요.
영원히 행복한 바다거북 씨와,
태양처럼 따뜻한 행복을 이룬 갈매기 할머니를 만났습니다.
그들은 빛나는 행복을 찾고, 멋진 삶을 살고 있었어요.
아직 신비한 산호약이 있는 산호섬까지는 많은 여정이 남았지만,
바다 동물들의 도움을 받아 꼭 당신을 위해 산호약을 가져올게요.
당신의 마음의 병이 빨리 치유되길 바라며,

From. 더키 드림

#6 세상에서 가장 좋아하는 일:
푸른발새의 진정한 행복

더키는 갈매기 할머니가 알려준 대로, 서쪽으로 향하는 조류를 타고 열심히 항해하였습니다. 화창한 바다에는 아기 돌고래들이 장난을 치며 떠올랐다가, 더키와 별 불가사리를 신기한 듯 바라보기도 했습니다. 얼마 지나지 않아, 더키의 눈에 갈매기 할머니의 말대로 모든 게 노란색으로 빛나는 섬이 보였습니다. 그곳은 화가 새들의 마을이었습니다. 더키는 물어물어 푸른발새를 찾아갔습니다.

그런데 더키는 이상한 점을 발견했습니다. 섬의 모든 것들이 노란색으로 칠해져 있고, 노란색 그림을 그리는 화가들도 노란색 물감에 발을 담근 것처럼 아주 샛노란 발을 가진 멋쟁이 새들뿐이었습니다.

태양마저 아주 강렬한 노란색이었습니다.

"과연 이곳에 푸른발새가 있을까?"

더키와 별 불가사리는 푸른발새가 살고 있다는 작은 동굴을 찾아 들어갔습니다. 더키는 깜짝 놀랐습니다. 온통 노란빛이 가득한 섬 안에서 유일하게 파란색 그림을 그리는 푸른발새가 있었습니다.

"안녕하세요. 당신이 푸른발새가 맞나요? 저는 집오리 더키라고 해요."

"아니, 집오리가 이 먼 섬까지 오다니, 이게 무슨 일이람?"

"저는 제 친구 별 불가사리와 함께 산호섬에 가는 중이랍니다. 마음의 병을 치유해주는 산호약을 구하기 위해서요. 저는 당신이 산호약을 먹고 마음의 병을 고쳤다는 얘기를 갈매기 할머니에게 들었답니다."

수줍은 별 불가사리는 더키의 뒤에 숨어서, 기어 들어가는 목소리로 푸른발새에게 인사했습니다.

"일단 들어와서 여기에 앉으렴!"

더키는 파란색 물감에 발을 담갔다 뺀 것처럼 선명한 파란색 발을 가진 이 새에게 감탄하며 말했습니다.

"와아! 당신은 너무 예쁜 색의 발을 가졌는걸요."

"조용히 하렴! 다른 노란색 발 새들이 들으면 싫어할 거야!"

푸른발새는 아주 조심스럽게 눈치를 보면서 밖을 살피며, 동굴의 문을 닫고 말했습니다.

"이곳은 태양이 아주 샛노랗게 뜨는 섬이란다. 그래서 노란색이 가장 아름다운 색으로 칭송받지. 이 섬의 새들은 모든걸 노란색으로 물들인단다. 그리고 여기에선 모두 노란색 발을 가지고 태어나기 때문에, 다른 색이 아름답다는 말을 하면 큰일 난단다!"

푸른발새는 조심스럽게 노란색 보석들로 자신의 발을 칭칭 감기 시작했습니다. 파란색이 아주 조금도 보이지 않게 말입니다. 보석을 칭칭 감은 푸른발새의 발은 언뜻 보기에도 아주 불편해 보였습니다.

"내가 태어났을 때 파란색 발을 갖고 나왔지 뭐니. 나의 부모 새는 자신들이 파란 바닷물을 많이 마셔서 이렇게 된 거라고 절망에 빠졌었단다. 매일 눈물 흘리며 나에게 미안해 했지. 그들은 나에게 노란색 유채꽃물을 매일 먹였지만, 내 발의 색은 전혀 바뀌지 않았어. 결국 나의 부모는 평생 모은 돈으로 나에게 노란 보석들을 사주었단다. 나의 부모는 평생 화가로 일해서 번 돈을 모두 노란 보석을 사는 데 써 버렸어. 내 발의 파란색을 감출 수 있도록 말이야."

자신의 과거를 이야기하던 푸른발새의 표정이 어두워졌습니다.

"노란발새들은 어릴 때부터 나를 놀리고 따돌렸어. 이렇게 노란 보석을 내 발에 칭칭 감고 살고 나서야 나는 그들과 함께 지낼 수 있

게 되었지."

"푸른발새 씨는 참 힘든 날들을 보냈군요."

"그렇지. 나는 결국 무거운 보석들 때문에 제대로 날지도 못하고, 결국 큰 마음의 병에 걸렸단다. 나는 위대한 화가 새가 되고 싶었지만, 매일매일 노란색 물감으로 그림을 그리는 일이 행복하지 않았어. 이 섬의 노란색 태양이 너무나도 원망스러워 매일 울기만 했단다. 그래서 나는 여행가 소라게에게 산호섬에 신비한 산호약이 있다는 말을 듣고 내 마음의 병을 고치기 위한 여행을 떠나기로 마음먹었단다."

더키는 산호약 이야기가 나오자 아주 설렜습니다. 이번에야말로 산호약을 먹은 새의 이야기를 들을 수 있게 되었기 때문입니다. 산호약이 정말 존재하고 효과가 있기만 하다면, 이 여행이 아무리 힘들어도 가치가 있었기 때문입니다.

"나는 바닷속을 아주 잘 헤엄칠 수 있단다. 이 넓은 물갈퀴로 말이지! 나는 많은 고생 끝에 겨우겨우 바닷속 깊이 있는 산호섬을 찾을 수 있었어. 그곳에서는 온갖 종류의 불가사리들이 산호돌과 산호약을 만들고 있었단다. 산호돌과 산호약은 마치 오로라처럼 수많은 색으로 영원히 빛나는 아주 진귀한 것들이었지. 나는 그곳에서 세상의 모든 색들을 모두 볼 수 있었단다."

푸른발새는 아주 기쁜 표정이 되어 말했습니다. 푸른발새가 본 산호섬은 최고의 사랑을 찾은 원앙이 더키에게 보낸 편지에서 말한 것과 같은 것이었습니다.

"집오리야, 그곳은 아주 아름다운 곳이란다. 각양각색의 불가사리들이 만든 신비한 산호약을 먹고 나서 아주 중요한 걸 깨닫고 말았어. 세상에서 가장 아름다운 색에 대해서 말이야!"

푸른발새는 비장한 표정으로 말했습니다.

"집오리야. 세상에 그런 색은 없다는 걸 나는 알게 되었단다. 모든 색은 아름다운 거야. 단 하나의 색도 빠짐없이 말이야! 태양은 각양각색으로 빛난다는 걸, 나는 산호섬에 도착하고야 깨달았어. 내 태양은 노란색이 아니란 걸 말이야. 그걸 그제야 깨닫다니!"

푸른발새는 자신의 동굴 속 가득한 하늘색 그림들을 보면서 환희에 찬 목소리로 말했습니다.

"집오리야, 나는 이제 곧 이 노란색 섬을 떠난단다. 나는 이 섬을 떠나면 파란색뿐만 아니라, 세상의 모든 색을 그리면서 살 거야. 가장 아름다운 그림을 그리는 위대한 성취를 이룰 거란다. 나는 세상에서 가장 행복한 새가 될 거야!"

하지만 푸른발새는 머뭇거리는 것 같았습니다. 이미 짐을 모두 싸 놓고도, 아직도 노란색 보석을 발에 칭칭 감고 노란발새 친구들을 만나러 가는 길이었기 때문입니다.

"푸른발새 씨, 당신은 당장 이 섬을 떠나고 싶지 않은가요? 그들은 당신이 다른 색 발을 가졌다는 이유로 당신을 따돌렸는걸요."

"하지만 나는 노란발새들이 행복하기를 바란단다. 그들은 가장 아름다운 노란색 그림을 그리는 것이 큰 성취이며 옳은 일일 뿐이야. 내가 어떻게 저 노란발새들을 미워하겠니. 나는 그들이 없으면 많이 외로울 거야. 하지만 외로움은 아주 멋진 감정이지. 당분간은 외로움을 물감 삼아 세상의 모든 멋진 풍경들을 그릴 거란다."

푸른발새의 눈은 별처럼 반짝였습니다.

"집오리야, 너도 신비한 산호약을 꼭 찾을 수 있을 거야. 물론 아주 깊은 바닷속에 있어 쉽진 않겠지만 말이야. 이 노란색 섬을 벗어나 반짝이는 은하수가 흐르는 하늘을 보며 따라 한참을 가다 보면, 펠리컨이 살고 있는 큰 성이 보일 거야. 펠리컨은 산호섬 근처에서 여행을 떠나온 새들을 산호섬의 근처까지 안내해준단다. 그 또한 산호약을 먹고 행복을 찾았단다!"

산호약이 정말 존재하는 걸까 의심했던 더키는 산호약을 먹고 마음이 치유된 푸른발새를 만나 의심이 사라지고 자신감이 조금 더 생겼습니다. 더키는 독수리 씨가 잃어버린 행복을 찾아줄 방법에 가까이 다가간 것 같아 마음이 들떴습니다. 별 불가사리의 표정은 무언가 의미심장해 보였습니다.

"푸른발새 씨는 정말 강하고 멋진 바닷새군요. 저도 그처럼 용감하게 위대한 무언가를 이루고 싶어요."

#7 세상에서 가장 큰 욕심:
반짝이는 불가사리의 눈부신 행복

　　더키와 별 불가사리는 은하수가 흐르는 밤하늘을 보며 꽤 오래 잔잔한 항해를 했습니다. 무수히 빛나는 빼곡한 별을 가득 담은 어두운 바다는, 낮보다 더 아름다웠습니다. 별 불가사리가 속삭이듯 말했습니다.

"저 빼곡한 별들은 눈부시게 빛나기 위해 얼마나 아팠을까요."

　더키와 별 불가사리는 유난히 바닷물이 더 빛나는 것 같다고 느꼈습니다. 그런데 가까이서 보니, 바닷물 속에 별처럼 빛나고 있는 불가사리들이 있었습니다.

"와아, 별아! 이것 좀 봐! 세상에, 이 반짝이는 불가사리들 좀 봐봐."

　별 불가사리는 바닷속에 별처럼 빛나는 불가사리들을 동경에 가

득 찬 얼굴로 바라봤습니다.

"별이 될 운명의 불가사리는 반짝이는 보석처럼 빛나거든요. 이 불가사리들은 별이 되는 중인 거예요. 그래서 반짝이는 불가사리들은 숨이 멎을 때 슬퍼하지 않아요. 가장 책임감 있는 불가사리만이 반짝이는 별이 된다는 전설이 있죠.

많은 불가사리들은 잘못을 회피하고 모른 척하며, 누군가를 탓하면서 도망치기 바쁘거든요. 하지만 저는 그렇게 도망친 곳에서 느끼는 안도감 속의 행복은 완전하지 않다고 생각해요. 도망칠수록 더 깊은 바다로 들어가야 해서 검붉게 변해버리는 불가사리들처럼요. 그들은 숨이 멎을 때 결국 심해에서 햇빛을 받지 못해, 검붉은 불가사리로 죽게 돼요. 어둠 속에 살기 때문에 자신들이 검붉어지고 있다는 사실조차 알지 못하죠. 심해로 도망친 검붉은 불가사리들은 그들끼리 사회를 만들어, 서로 잘난 척하며, 스스로 행복하고 똑똑하다고 믿으며 살아가지만, 사실 그들은 영원히 찬란함을 느끼지 못할 거예요."

"너는 아는 게 참 많구나."

"여행가 소라게 씨가 말해줬어요. 그는 많은 종류의 불가사리들을 만나고 다녔거든요. 나쁜 불가사리, 착한 불가사리 모두 다요. 저는 여행을 떠난 저희 가족 불가사리들이 돌아오길 기다리며 빈 배를 나와 해변에 나가 있곤 했거든요. 여행가 소라게 씨는 여행을 떠난 저희 가족들을 찾기 위해 많은 불가사리 마을을 돌아다녔답니다. 각양각색의 불가사리들이 모여 만든 마을까지도요. 여행가 소라게 씨가 돌아올 때면, 세상의 많은 불가사리들의 이야기를 해주었답니다."

"별아, 너는 가족 불가사리들이 돌아오길 기다리며 많이 외로웠겠구나."

"저는 하늘을 바라보면서 시간을 보내서 그리 외롭진 않았어요. 새털구름, 꼬리구름, 파도구름… 하루 종일 해변에서 하늘을 바라보다 보면 알게 돼요. 하늘엔 얼마나 많은 구름의 종류가 있는지요. 그러다 밤하늘에 별이 뜨면 저는 조금 슬퍼졌답니다. 반짝이는 별들이 너무 아름다워서요.

그리고 다음 날이 되면, 다시 여러 가지 방법으로 기다려보는 거예요. 기다리는 장소가 잘못됐는지, 내가 좀 더 애타게 기다리지 못했는지 생각해보면서요. 그리고 아무도 돌아오지 않는 하루가 지나면, 또 생각해보는 거죠. 내일은 어떤 방법으로 기다려볼지요."

별 불가사리는 슬퍼 보이는 얼굴로 말했습니다. 더키는 별 불가사리의 손을 꼭 잡아주었습니다.

"별아, 너에게 행복은 무엇이니?"

"저의 행복은 예쁜 분홍색 희망이에요."

"분홍색 희망?"

"설레고 아름다운 일이 일어날 것 같은, 그런 핑크빛 세상을 기대하게 해주는 색안경 같은 거예요. 간절히 기다리고 있는 게 이루어질 날을 기다리게 해주는 그런 예쁜 희망이요. 저는 어두운 바다에 정말로 많은 예쁜 희망들을 그렸기에, 어두운 바다가 단 한 번도 무섭지 않았답니다. 제 희망은 분홍빛이어서, 바다의 파도들이 선홍빛으로 부서지는 모습, 석양이 분홍색 빛으로 지는 모습이 너무 설레고 좋았어요. 저의 가족들이 여행에서 돌아오는 길이 너무 멋질 것 같았거든요. 그래서 먼바다에서 별 모양의 무언가가 떠내려올 때면 얼마나 가슴이 뛰었는지 몰라요.

하지만 그것들은 종종 해변으로 돌아오는 다른 종류의 불가사리들이었어요. 여행가 소라게 씨와 바다거북 씨처럼, 해변의 동물들은 먼 여행을 떠났다가 다시 돌아와 저에게 반갑게 인사해주기도 했거든요. 나의 가족들이 아니었죠."

빛나는 불가사리들이 밝히는 어두운 밤바다를 지나 동이 틀 때쯤, 더키의 배에 익숙한 목소리가 멀리서 들려오기 시작했습니다.

"집오리야! 집오리야!"

저 멀리서 바다제비가 더키의 배를 향해 날아오고 있었습니다.

"집오리야! 여기 있었구나! 한참을 찾았단다. 너에게 알려줄 소식이 있어!"

배에 도착한 바다제비는 머뭇거리며 소식을 전했습니다.

"독수리는 두문불출하고, 슬픔과 외로움에 잠겨 음식도 물도 더 이상 먹지 않는다는구나. 이제 시간이 많지 않은 것 같아. 그리고 말이야…."

바다제비는 더키와 눈을 마주치지 못하며, 또다시 한참을 머뭇거리며 입을 떼지 못했습니다.

"바다제비 씨, 당신은 또 다른 중요한 소식이 있는 건가요?"

바다제비는 한숨을 깊게 내쉬더니, 머뭇머뭇 편지를 꺼내기 시작했습니다. 편지를 가방 깊숙한 곳에서 꺼낸 바다제비는 그 후로도 한참을 편지를 주지 않고 주저하며 망설일 뿐이었습니다.

"바다제비 씨, 당신은 안 좋은 소식을 건네야 하는군요?"

바다제비는 편지와 함께 무언가를 더키의 날개에 꼭 쥐여주었습니다. 바다제비는 슬픈 표정으로 말했습니다.

"핑크 불가사리 씨는 몸이 이미 반짝이고 있었단다. 그는 이제 곧 하늘의 별이 될 거야. 그는 너와 별이에게 이 줄을 주며, 아름다운 산호돌을 꼭 이 해초줄에 걸고 오라고 했어. 아마 지금쯤은 숨이 멎었을 거야."

더키의 마음은 너무나도 슬펐습니다. 그가 그토록 기대하고 기다리던 진귀한 산호돌을 가지지 못한 채 숨이 멎은 핑크 불가사리 씨가 너무 불쌍했습니다. 더키는 핑크 불가사리가 마지막으로 직접 손으로 꿰어 만든 해초줄을 한참 바라봤습니다.

"이 해초줄을 어쩐담, 핑크 불가사리 씨는 정말 욕심이 많은 삶을 살았지만, 이제는 아무 소용없는걸…."

별 불가사리는 조심스럽게 편지를 읽어보았습니다.

To. 별이에게

별아, 너는 지금쯤 바다 한가운데서 산호섬을 찾아
여행을 하는 중이겠구나.
나는 요새도 밤하늘을 바라보며 잠을 제대로 이룰 수가 없단다.
요즘 밤하늘에 빛나는 내 아기 별이, 좀 더 밝아진 것 같단 말이지.
내가 진귀한 산호돌을 가져가면 내 아기 불가사리는,
아마 오로라빛으로 가장 빛나는,
세상에 유일한 가장 아름다운 별이 될 거야. 그렇지?
우린 영원히 함께 빛날 수 있다구!

별아, 너는 꼭 산호섬을 찾을 수 있을 거야.
이제 나는 내 평생의 전부이자, 내 정착지이자,
가장 큰 사랑에게로 돌아간단다.
나는 세상에서 가장 행복한 불가사리야!

From. 영원히 가장 행복할 핑크 불가사리가

"별아, 몸이 반짝이기 시작한 핑크 불가사리는 너무나도 행복해 했단다."

소식을 전한 바다제비는 곧 큰 편지 꾸러미들을 메고 다시 또 다른 새들에게 소식을 전하기 위해 떠났습니다. 별 불가사리의 눈에는 눈물이 별처럼 빛나며 가득 맺혔습니다.

"집오리 씨, 핑크 불가사리 씨는 너무나도 사랑하던 그의 아기 불가사리가 불치병에 걸려 치료를 하느라, 바닷새들에게 아주 큰 빚을 지게 됐었거든요. 결국 병을 고치지 못해 아기 불가사리가 시름시름 앓다가 죽어버린 후에, 핑크 불가사리 씨는 평생 바닷새들에게 큰 빚을 갚아야 했어요.

핑크 불가사리 씨는 깊은 해저에서도 살 수 있어서 빚을 갚지 않고, 자신을 찾지 못하게 언제든 바닷새들에게서 도망칠 수 있었어요. 아주 깊은 바닷속으로요. 보통 많은 불가사리들은 책임을 지지 않고 심해로 도망가버리죠.

하지만 핑크 불가사리 씨는, 아기 불가사리가 하늘의 별이 되어 영원히 반짝이며 행복하려면, 자기가 책임을 다해 빚을 모두 갚아야 한다고 생각했어요. 그는 전설을 철석같이 믿었거든요. 책임을 다한 불가사리만이 하늘의 반짝이는 별이 된다는 그 전설을요."

"그런 일이 있었구나. 별아, 핑크 불가사리 씨는 아기 불가사리와 함께하기 위해 끝까지 최선을 다한 거야. 같이 별이 되어 빛나기 위해서 말이야."

"최선을 다한 핑크 불가사리 씨는 비겁하지 않았어요. 바닷새들은 어리석다고 비웃었지만, 저는 핑크 불가사리 씨를 존경했어요. 저에겐 가장 멋지고 화려한 불가사리예요. 그는 정말로 세상에서 가장 멋지고 행복한 불가사리의 삶을 살았죠."

더키는 붉고 화려한 색이었던 자신의 몸이 뜨거운 태양에 바래버려 연분홍색이 될 정도로, 매일매일 쉬지도 않고 예쁜 조약돌들을 주워 바닷새들에게 팔던 핑크 불가사리를 떠올렸습니다.

"핑크 불가사리 씨는 목숨을 다해 신의를 지킨 거예요. 핑크 불가사리 씨는 제가 본 그 어떤 불가사리보다 밝고 태양처럼 빛나는 밝은 색의 불가사리였어요. 행복에는 때로 눈부신 희생이 필요하니까요."

더키는 하루 종일 해변에서 조약돌을 줍느라 굽어버린 다리로, 산호돌을 받을 희망에 가득 차 설레며 조개 지갑을 들고 절뚝대며 더키에게 뛰어오던 핑크 불가사리의 마지막 모습을 떠올리자 마음이 아팠습니다.

"그는 늘 가장 예쁜 조약돌을 발견하면 팔지 않고 은방울꽃밭 깊은 어딘가에 숨겨두었어요. 언젠가 핑크 불가사리가 별이 될 때 하늘의 아기 불가사리에게 선물로 주기 위해서요. 그래서 당신이 오로라빛으로 빛나는 진귀한 산호돌을 구해준다고 했을 때, 그날 밤새 설렌 얼굴로 달빛 해변을 서성였어요. 그는 바닷속에 잠도 한숨 자러 가지 않고, 해변에서 당신이 떠난 바로 그 자리를 떠나지 않은 채, 밤새 밤하늘의 별을 보며 당신이 오기만을 기다렸답니다."

"그래, 별아. 핑크 불가사리 씨는 나에게도 정말 멋진 불가사리였어. 네가 살고 있는 배를 나에게 소개해준 건 우연이 아닐 거야."

To. 존경하는 독수리 씨 - 다양한 행복을 마주치고 있어요

저는 진정한 행복을 찾기 위해 용감하게 모험하여 산호약을 찾아낸

푸른발새를 만났답니다.

산호약이 정말로 효과가 있다는 걸 알았으니,

어서 이 약을 독수리 씨에게 가져다 드려야 할 텐데요.

저는 푸른발새 씨가 소개해준 펠리컨의 성을 향해 가는 길에,

눈부신 행복을 목격했어요. 행복이란 참 다양한 형태이지만,

핑크 불가사리 씨의 눈부신 행복은 유난히 아름다워 보였어요.

저와 함께 여행하는 별 불가사리는 매일매일

다양한 행복을 마주치며 성장해나간답니다.

당신이 식음을 전폐하고 아파한다는 소식은

제 마음을 너무나도 아프게 했어요.

어서 빨리 산호약을 구해, 당신의 마음의 병을 치유할 수 있길 바라며.

From. 더키 드림

#8 세상의 모든 멋진 경험:
이야기꾼 해파리와 멋쟁이 물개가
우연히 발견하는 행복

밤하늘의 어둠이 걷히고, 태양이 바다를 삼킬 듯이 뜨겁게 뜨기 시작하자, 저 멀리 푸른발새가 알려준, 펠리컨이 살고 있는 성의 모습이 작게 보이기 시작했습니다. 더키는 이제 조금만 더 항해하면 성에 곧 닿아서, 펠리컨이 안내해주는 산호섬에 갈 수 있을 생각에 기대에 찼습니다. 독수리가 조금 더 힘을 내길 바라며, 더키는 배의 속도를 높였습니다. 더키는 시간이 없다는 생각에 조바심이 났습니다.

더키가 좀 더 자세히 성의 모습을 보기 위해 망원경을 꺼냈을 때, 바다 위 아주 작은 갑판 위에 무언가가 떠다니고 있는 것이 보였습니다. 더키의 배보다도 작은 나무로 만든 가벼운 갑판에, 큰 가방을 멘 물개가 누워서 일광욕을 즐기고 있었습니다.

"안녕하세요, 물개 씨! 실례합니다. 저 성이 펠리컨이 살고 있는 성이 맞을까요?"

자세히 보니 물개의 작은 갑판 옆에는 해파리가 매달려, 유유자적하며 춤을 추듯 하늘거리며 더키를 신기한 듯 바라보고 있었습니다.

"아니, 집오리가 이 먼바다까지 나오다니? 이게 무슨 일이람?"

"안녕하세요, 해파리 씨. 저는 제 친구 별 불가사리와 함께 산호섬에 가는 중이랍니다. 새들의 마음의 병을 치유해주는 신비한 산호약을 구하기 위해서요. 저기 멀리 보이는 펠리컨의 성에 가면, 산호약을 먹고 마음의 병이 치유되어 행복을 되찾은 펠리컨이 여행을 떠나온 새들을 산호섬 근처까지 안내해준다고 들었어요."

수줍은 별 불가사리는 더키의 뒤에 숨어서, 해파리와 물개에게 손을 흔들며 작은 목소리로 인사했습니다.

"바다로 나온 집오리라니, 아주 멋진 광경인데? 선글라스가 필요하겠군. 에헴!"

일광욕을 즐기던 물개는 큰 가방 속에서 아주 멋진 선글라스를 꺼내 뽐내며 써 보였습니다.

"나는 아주 멋진 걸 볼 때만 선글라스를 꺼내지."

선글라스를 낀 멋쟁이 물개 옆에서 하늘거리던 해파리는 쌀쌀맞게 말했습니다.

"마음의 병을 치유하여 행복을 찾아주는 산호약이라, 그런 게 세상에 있을 리가 없잖아. 허풍 많은 새들이 거짓말을 하는 걸 거야. 누구든 자신의 모험 이야기를 과장하며 말하길 좋아하지."

"하지만 저는 산호약을 먹고 마음이 치유된 푸른발새를 만났는걸요?"

해파리는 더키의 말을 신경 쓰지 않는 듯 눈을 감고 새침한 표정으로, 바닷물에 몸을 맡긴 채 춤추듯 하늘거렸습니다. 자세히 보니, 해파리는 파도에 휩쓸려가지 않도록 물개의 손을 꼭 붙들고 있었습니다.

"집오리 씨, 해파리 씨에게는 도착지에 대한 선택권이 없어요. 너무 가벼워 해류를 거스를 수 없기 때문에 흘러가는 대로 살 수밖에 없죠. 바다 동물들은 해파리 씨를 '이야기꾼 해파리'라고 불러요. 조금 쌀쌀맞지만 일어났던 모든 일들을 가장 재밌게 말해주거든요. 행복했던 일들뿐만 아니라 슬프고 아팠던 일들도 모두요. 여행가 소라게 씨가 알려줬어요."

별 불가사리는 더키에게 작게 속삭이며 알려주었습니다. 더키는 멋쟁이 물개와 이야기꾼 해파리가 함께 사이좋게 꼭 붙어 다니는 모습이 재밌게 느껴졌습니다.

"해파리 씨, 당신과 물개 씨는 목적지가 없는 여행을 하는 건가요?"

"그럼! 우린 어디로든 간단다. 목적지가 있는 삶은 너무 재미없지 않니? 이렇게 흘러간 곳에 도착하면 언제나 아름다운 풍경이 펼쳐져 있단다. 매일매일 예측할 수 없는 세상의 모든 멋진 경험을 하면서 살 수 있지. 매일 우연히 행복해지면서 말이야."

"하지만 때로 안 좋은 곳에 도착한다면요?"

"그것 또한 아름다운 일이지. 그곳에서 아주 훌륭한 이야기가 탄생할 테니 말이야. 슬픔이 없으면 기쁨도 없지. 기쁨이 없으면 슬픔도 없고 말이야. 아무것도 기대되지 않지만, 무엇이든 즐거운 날들이야."

물개는 해파리의 대답이 마음에 드는 듯 자랑스러운 표정으로 해파리를 바라보았습니다.

"그나저나 집오리, 너는 왜 신비한 산호약을 찾아 헤매는 거니?"

"저는 독수리 씨의 잃어버린 행복을 찾아주고 싶거든요. 그는 마음의 병을 얻어 두문불출하고 더 이상 새들에게 투자도 하지 않아요."

"독수리는 성공한 부자라고 들었는데, 무척 배가 부른 새구나? 행복이란 아주 사치스러운 말이야. 왜 항상 행복해야 하지? 이렇게 즐거운 하루도, 또는 아프고 슬픈 하루들도 시간이 지나 하나의 멋진 이야기가 되는 건데 말이야. 나는 그 어떤 이야기가 펼쳐지더라도, 내 먹이인 이 별사탕만 있어도 살아갈 만한걸."

해파리는 바다에 떠다니는 별사탕을 입에 쏙 넣으며 말했습니다. 옆에 있던 넉살 좋은 물개가 맞장구치며 말했습니다.

"해파리 말이 맞아. 아프지 않고 배고프지 않은 것만으로도 충분히 살아갈 만한걸? 매일 펼쳐지는 멋진 이야기들이 있다면 말이야. 우연이 만들어내는 장면들은 또 어찌나 예측할 수 없이 아름다운지! 이따금씩 쏟아지는 기적 같은 순간을 위해 사는 것도 나쁘지 않지."

해파리가 자랑스럽다는 듯 바라보는 물개의 뒷모습에는 큰 상처가 보였습니다.

"물개 씨, 이 큰 흉터는 많이 아파 보이는데, 어쩌다 생긴 건가요?"

"그건 중요하지 않아. 이렇게 아픈 흉터가 있어도 내가 멋져 보인다는 게 중요하지. 영원한 아픔은 곧 내 영원한 영광이지. 에헴!"

해파리는 물개의 잘 아물지 못한 상처를 안타깝게 바라보며 말했습니다.

"물개는 천적인 상어에게 잡아먹힐 뻔했단다. 내가 상어의 눈을 가려버렸기에 망정이지, 아주 큰일 날 뻔했어. 이 넉살 좋은 물개는 그 이후로 단지 심심하다는 이유로 나를 따라다니고 있지. 저 큰 가방에 무언가를 잔뜩 모으면서 말이야."

물개는 뚱뚱한 자신의 가방을 만지며 보석이라도 잔뜩 들은 듯 아주 만족스러운 표정이었습니다.

"아무도 날 구해주지 않았지만, 네가 날 구해주었잖니. 파도에 자기 몸도 가누지 못하는 해파리가 말이야."

"하지만 네 덕에 내 삶도 편해졌는걸. 저항할 수 없이 마주치는 것들이 늘 즐겁지만은 않거든. 내가 쉬고 싶을 때 네 손을 꼭 잡으면 지금처럼 멈추어 쉬어갈 수 있잖니. 이렇게 아무 일도 일어나지 않는 평온한 하루를 네가 나에게 주는걸."

멋쟁이 물개는 해파리의 손을 꼭 잡고, 더키의 배에 함께 냉큼 올라타서 배를 이리저리 살펴보았습니다.

"물개야, 이 배는 꽤 괜찮은걸? 내게 좋은 생각이 있어. 우리도 이런 작은 배를 구해서 함께 타고 다니지 않을래? 네가 쉬어갈 수 있도록 말이야."

"멋진 생각이야. 그럼 우린 꽤나 오래 함께할 수 있을 것 같아."

"그래, 우리의 기쁘고 즐거운 순간들과, 아프고 힘들었던 모든 기억들이 아름다운 별이 되는 날이 될 때까지 말이야."

멋쟁이 물개의 눈이 별처럼 반짝였습니다.

"해파리야, 내가 우연히 마주치는 장면들은 사실 네가 없으면 나에게 아무것도 아니야. 네가 있어서 모든 순간들이 하나의 이야기가 되는 것 같아."

멋쟁이 물개의 말을 들은 해파리는 조금 부끄러운 듯 말했습니다.

"나의 이야기에도 물개 네가 있다는 건 더 특별하지. 뭐, 물론 나 혼자서도 멋진 이야기를 살아냈겠지만. 에헴! 그래도 네가 있어 완성이 되는 이야기들은 조금 더 다채로운 색을 가졌거든. 맛있는 별사탕을 먹어도, 너와 함께 먹으면 더 맛있거든."

이야기꾼 해파리와 멋쟁이 물개가 다시 자신들의 갑판으로 내려가자, 갑자기 비가 쏟아지기 시작했습니다. 더키는 아픈 물개와, 폭우에 휩싸일 해파리가 걱정이 되었습니다.

"물개야, 우리 함께 이 폭우 소리에 맞춰 춤을 추자!"

"좋아, 멋진 생각이야."

별 불가사리는 신기한 듯 그 광경을 지켜봤습니다.

"해파리 씨, 이렇게 비가 내리면 여행이 힘들어질 텐데, 뭐가 그렇게 즐거운 건가요?"

"비가 내리지 않는 땅은 척박해지잖니. 삶에 폭우가 쏟아져도 즐길 줄 아는 게, 진정한 이야기꾼 해파리지. 나는 그 어떤 폭우도 두렵지 않단다. 물개가 내게 해준 다정한 말이 나의 따뜻한 바다가 되기 때문이지."

"해파리야, 아픔이 찾아와도, 네가 내 옆에만 있으면 나는 다시 완전히 회복될 수 있을 것 같단 말이지. 그래서 나도 이 어둠이 두렵지 않아. 이 어둠이 지나면, 우리가 함께 지나온 시간들에 추억의 가루를 뿌리자."

멋쟁이 물개와 이야기꾼 해파리는 더키와 별 불가사리의 배를 뒤로하고 춤추며 폭우 속에 멀어져갔습니다. 별 불가사리와 더키는 한참을 비가 내리는 바다를 항해해야 했기에 빗소리 때문에 서로의 말이 들리지 않았습니다. 하지만 더키는 별 불가사리의 표정이 예전과는 달리 다채로워진 걸 볼 수 있었습니다.

> #9 세상에서 가장 안전한 삶:
> 날지 않는 청둥오리의 안락한 행복

　　　　　　멋쟁이 물개와 이야기꾼 해파리와 헤어진 더키는, 비를 뚫고 열심히 항해한 끝에 펠리컨이 살고 있는 성에 거의 가까워졌습니다. 비가 계속해서 그치지 않아 날이 많이 추워졌습니다. 쌀쌀한 바람을 맞으며 도착한, 펠리컨이 살고 있는 성 앞에는 작은 동굴이 있었는데, 그곳에는 성문을 지키고 있는 작은 청둥오리가 살고 있었습니다.

　머플러를 단단히 매고, 장화, 그리고 모자까지 쓴 청둥오리는 장화를 신고 뒤뚱뒤뚱 걷는 모습이 아주 귀여운 작은 야생오리였습니다. 더키와 생김새는 똑같았지만, 부리는 더 샛노랗고, 얼굴은 선명한 청록색 털로 뒤덮여 있었습니다.

"아니, 집오리가 바다를 건너 이 먼 곳까지 오다니, 이게 무슨 일이람? 너는 경비행기를 조종하며 하늘을 날던 집오리가 아니니?"

청둥오리는 더키를 보자마자 깜짝 놀랐지만, 한편으로는 반가운 모습이 역력했습니다. 오랫동안 성을 방문하는 새들이 없었기도 하고, 더군다나 다른 야생오리들은 모두 얼마 전 추위를 피해 남쪽으로 이동했기 때문에, 더키는 꽤 오랜만에 보는 오리였기 때문이었습니다. 더키는 청둥오리를 보고 호기심에 물었습니다.

"어? 너는 나에게 편지를 보냈던 청둥오리가 아니니? 나는 내 친구 별 불가사리와 함께 산호섬에 가는 중이란다. 새들의 마음의 병을 치유해주는 산호약을 구하기 위해서 말이야. 이 성에 살고 있는 펠리컨의 성에 가면, 산호약을 먹고 마음의 병이 치유되어 행복을 되찾은 펠리컨이 새들을 산호섬 근처까지 안내해준다고 들었어."

수줍은 별 불가사리는 더키의 뒤에 숨어서, 반가운 목소리로 귀여운 청둥오리에게 인사했습니다.

"너도 다른 새들처럼 진귀한 산호돌과 신비한 산호약을 구하러 온 모양이구나? 하지만 세상에 행복을 찾아주는 약이 있을 리가 없잖니. 그럼 세상에 불행한 새들은 없을걸?"

청둥오리는 팔짱을 낀 채로 재잘재잘 말하다가 날개가 시려웠는지 곧 장갑을 꺼내어 양쪽 날개에 끼웠습니다.

"청둥오리야, 너는 추위를 유난히 많이 타는구나. 다가오는 혹독한 겨울을 어떻게 지내려고 남쪽으로 가지 않고 이 동굴에 남은 거니?"

"나는 이 성문을 지키는 일을 하는걸? 펠리컨은 나에게 충분한 먹이와 따뜻한 동굴을 제공해준단다. 나는 벌써 몇 해째 이동하지 않고 이 따뜻한 동굴에서 살고 있어. 난 첫 비행이 너무나도 무서웠단다."

청둥오리는 작은 체구로 더키와 별 불가사리를 성문 앞까지 안내해주었습니다. 너무 두꺼운 장화를 신어 뒤뚱뒤뚱 걷는 청둥오리는 성문 앞까지 가는 길에도 조금도 날지 않고 걷기만 했습니다.

"집오리야, 나는 네가 참 부러워. 나는 한곳에 머무르는 집오리가 되고 싶어. 나는 왜 집오리로 태어나지 못했을까?"

"청둥오리야, 난다는 건 얼마나 설레는 일인데!"

"나는 설레거나 들뜨고 싶지 않아. 날기 위해 마음껏 들떴다가 추락하고 나면 정말 아프거든. 그리고 나는 너무 창피했단다. 그래서 나는 행복해지는 다른 방법을 깨달았단다. 바로 날지 않는 거야! 이건 내 선택이야. 누구도 나에게 뭐라고 할 수 없어."

"청둥오리야, 다시 한 번만 도전해보면, 결국 비행은 아무것도 아니란 걸 알게 될 거야."

"하지만 집오리 너도 너의 본성을 거스르고, 경비행기를 타고 하늘을 나는 집오리가 되었잖니? 나도 그저 본성과는 달리 하늘을 날고 싶지 않을 뿐이야. 나는 내 최고의 장면을 찾은 거야. 이 따뜻한 동굴 속에서 사는 삶을 말이야."

"하늘을 나는 건 내가 영원히 원했던 꿈이었단다. 두려움에 무언가를 피하기 위해서 했던 선택이 아니었어. 너의 날개가 퇴화하여 네가 영원히 날지 못하게 되면, 넌 이 혹독한 추위를 매년 죽을 때까지 견뎌야 해. 그건 야생오리인 너의 몸에 좋지 않을 거야."

"아니야. 어차피 오리는 모두 비슷하게 행복한 거야. 날든 날지 않든 말이야. 떠나야만 행복한 건 아니라구! 난 나만의 행복을 찾은 거야. 신비한 산호약 따위 먹지 않아도 말이야. 내가 살 수 있는 삶을, 가장 안락한 나의 고향에서 살아가는 게 진정한 행복이야."

"하지만 이곳은 너의 고향이 아닌걸. 너는 두 개의 고향을 살아내는 철새잖니."

별 불가사리는 걱정스러운 표정으로 물었습니다.

"청둥오리 씨, 따뜻한 남쪽으로 떠난 당신의 가족들과 친구들을 만날 수 없는데, 당신은 정말 괜찮은가요?"

"뭐, 조금 슬프긴 하지만, 난 이대로 너무 행복한걸? 이렇게 따뜻한 동굴에서 날지 않고 겨울을 보내고 나면, 나머지 계절들은 그럭

저럭 지낼 만하단다."

고집스러운 청둥오리는 펠리컨의 성문에 다다라서 더키와 별 불가사리에게 문을 열어주고는, 딴청을 피우며 먼 곳을 바라봤습니다. 더키와 더 얘기하면 스스로를 의심하게 될 것 같았기 때문입니다. 비를 잔뜩 맞은 청둥오리는 유난히 오들오들 떨고 있었습니다. 더키는 하는 수 없이 성문으로 들어갔지만 청둥오리가 걱정이 되었습니다. 별 불가사리도 한참을 뒤돌아보았습니다.

"저는 겁이 많은 새들이 있다는 얘기는 들었지만, 날지 않는 야생 오리는 처음 보는걸요."

청둥오리는 방금 전 자신의 말과는 다르게 불안한 표정이었습니다. 하지만 이내 머플러를 단단히 고쳐 매며, 마음을 다잡은 듯 새로 산 장갑을 날개에 단단히 끼고, 큰 장화를 신은 발을 절뚝대며, 걸어서 다시 따뜻한 동굴 안으로 들어갔습니다. 올해도 혼자 동굴에서 겨울을 보낼 청둥오리의 뒷모습이 조금 서글퍼 보였습니다.

"집오리 씨, 청둥오리도 충분히 안락한 시간을 보낸 후엔 다시 날아오를 용기가 생길 거예요. 어떤 새들은 다시 용기를 갖는 데 많은 시간이 필요하거든요. 청둥오리도 스스로 행복하기 위해 노력하고 있는 거예요. 언젠가 그가 간절히 원할 때면, 어떠한 이유를 용기 삼아 스스로 떠날 거예요. 저처럼요."

To. 존경하는 독수리 씨 - 이제 거의 도착한 것 같아요

이제 독수리 씨의 잃어버린 행복을 찾기 위한

마지막 여정이 될 것 같아요.

저는 드디어 펠리컨 씨의 성에 도착했답니다.

쉽지 않은 여행이었지만, 별 불가사리와 함께하여 외롭지 않았답니다.

저는 이야기꾼 해파리와 멋쟁이 물개 씨를 만나,

그들의 멋진 이야기를 들었어요.

그들은 세상의 모든 경험들을 함께하며,

우연히 발견하는 행복이 얼마나 아름다운지 알려주었어요.

그리고 자신만의 안락한 행복을 선택한 청둥오리를 만났는데,

저는 그 귀여운 오리가 많이 걱정된답니다.

그 청둥오리가 다시 날아올랐으면 좋겠어요.

그리고 저는 당신도 높은 하늘을 다시 날아오르길 바랍니다.

해파리와 청둥오리는 산호약이 존재하지 않는다고 했지만,

저는 그 말을 믿지 않아요. 푸른발새 씨는 산호약을 먹고

마음의 병이 치유되어 행복을 되찾았거든요.

조금만 기다려주시면 제가 산호약을 곧 가지고 돌아갈게요.

From. 더키 드림

#10 세상에서 가장 많은 기회:
펠리컨의 거창한 행복

펠리컨의 성에 들어가니, 성의 겉모습과 달리 성 안은 매우 어두웠습니다. 펠리컨은 신사처럼 화려하게 차려입고 더키를 놀라운 듯 바라봤습니다. 펠리컨은 부리가 어찌나 큰지, 그 주머니 같은 부리 속에 무엇이든 들어갈 것 같았습니다. 독수리처럼 멋진 머플러를 매고 안경을 낀 그는 꽤나 근사한 모습의 새였습니다.

"아니, 집오리가 바다를 건너 이 성까지 오다니? 이게 무슨 일이람?"

"안녕하세요, 펠리컨 씨. 저는 제 친구 별 불가사리와 함께 마음의 병을 치유해주는 산호약을 구하러 산호섬에 가는 중이랍니다. 당신이 산호약을 먹고 행복을 되찾았다고 들었어요. 여행을 온 새들을 산호섬 근처까지 안내해준다는 이야기도 들었어요."

수줍은 별 불가사리는 더키의 뒤에 숨어서, 거의 들리지 않을 정도로 작은 목소리로 펠리컨에게 인사했습니다.

"경비행기로 하늘을 날아 여행을 하는 네 이야기는 유명해서 들어본 적 있지만, 배를 타고 바다를 항해하는 줄은 몰랐는걸. 너는 이제 곧 더 유명해지겠구나. 아주 영특한 집오리야."

"저는 유명해지기 위해 여행을 하는 건 아니에요. 저를 도와준 독수리 씨가 마음의 병에 걸렸거든요. 그를 치유해줄 신비한 산호약을 구하러 여기까지 왔어요."

"그 성공한 투자가 독수리를 말하는 거구나? 왜 독수리의 행복을 네가 찾아주는 거지? 너는 독수리가 회복하면 더 많은 투자를 받고자 하는구나? 새로운 경비행기도 얻어내고 말이야. 내가 아주 새들의 마음을 잘 꿰뚫어보지."

"저는 새로운 경비행기가 필요해서 여행을 하는 건 아니에요. 제가 존경하는 독수리 씨는 많은 돈을 벌어 새들의 꿈을 이루어주기 위해 투자를 하거든요. 저는 그가 다시 예전의 모습으로 돌아왔으면 좋겠어요. 그는 많은 어린 새들에게 멋진 기회를 주는 새랍니다."

"그렇게 많은 돈을 벌어 높은 곳에 멋진 집을 짓고도 불행에 빠져버리다니…. 그렇게 새들을 도와주는 일이나 하니 큰 마음의 병에 걸렸잖니? 그리고 집오리야, 왜 너의 안위에 도움이 되지 않는 일들을 하는 거니? 그건 어리석은 생각이란다. 너는 잘 생각해야 해. 세상에 너 자신의 행복보다 중요한 건 없단다."

펠리컨은 좋은 매너를 가진 새였지만, 그의 말들은 다정하지 않았습니다. 그는 열정적으로 자신이 어떻게 행복을 되찾게 되었는지 설명하기 시작했습니다. 펠리컨은 그의 부모 펠리컨이 나이가 들어 많이 아프자 큰 근심에 빠졌습니다. 펠리컨이 그동안 이뤄놓은 많은 것들을 희생해야 했기 때문이었습니다. 펠리컨은 큰 마음의 병에 걸렸고, 마침내 산호약을 구해 행복을 다시 찾게 되었습니다.

"산호약을 마시고 나는 깨달았지. 내가 그들을 책임질 필요가 없다는 걸 말이야. 나는 내 부모 새들을 내 성에 다시는 찾아오지 못하게 했어. 형제 펠리컨들이 사는 섬에서만 머물도록 말이야. 뭐, 내 형제 새들이 그들을 보살펴주기로 했으니 나는 좋지. 그들이 원해서 하는 일이니. 내가 미안해 할 필요도 없고 말이야."

펠리컨은 화려한 테이블에 앉아 더키와 별 불가사리에게 비싼 차를 대접하며 말을 침착하게 이어갔습니다.

"책임을 지지 않는 삶이란 얼마나 멋진지. 마치 가장 빨리 하늘을 나는 비행기를 타는 것 같지. 누군가가 널 위해 희생하거나 손해를 보고자 한다면, 너는 그 바보 같은 희생을 마음껏 이용하고 누릴 자

격이 있어. 기회가 있다면 최대한 책임을 떠넘길 줄도 알아야 해."

순간 펠리컨은 더키에게 줄 차를 담은 뜨거운 주전자를 날개에서 놓쳐 떨어뜨리고 말았습니다.

"이 비싼 카페트에 이게 뭐람. 집오리야, 네가 나의 말을 귀 기울여 듣지 않으니, 내가 너를 신경 쓰느라 이렇게 주전자를 떨어뜨려 버렸잖니."

당황한 더키는 아무 말도 하지 못했습니다. 별 불가사리는 기어들어가는 소리로 말했습니다.

"하지만 제가 만난 갈매기 할머니는 가족들을 책임지며 태양 같은 따뜻한 행복을 지어냈는걸요."

"굳이 책임진다는 건 참 우스운 일이지. 그 부자 갈매기 할머니도 참 어리석은 새야. 힘들면 도망쳐버리면 그만인걸. 뭘 그리 어렵게 들 사는지…. 그 큰돈을 모으고도 추운 극야에 조약돌이나 줍고, 다른 바닷새들이나 도와주고 말이야. 바보 같은 새들은 꼭 힘든 길을 간단 말이야. 갈매기 할머니는 절대 행복한 게 아니란다. 그건 다 바보 같은 착각이야. 자신이 너무 불행한 나머지, 행복하다고 믿고 싶은 거지!"

마침 펠리컨의 아기 새들이 날아와 테이블에서 진귀한 음식을 먹기 시작했습니다.

"이 진귀한 생선들도 평생 못 먹어보고 죽는 새가 허다하단다. 이 엄청난 것들을 경험해보지 못하고 죽는 새들은 참 불쌍하지."

펠리컨은 큰 부리에 생선을 한가득 넣고는 꿀꺽 삼켰습니다.

"너도 똑똑한 집오리라면, 다른 새들의 행동을 잘 파악해야 해. 모두 이기기 위해, 자기가 잘 먹고 잘살기 위해 발버둥칠 뿐이란다. 세상에 욕심이 없는 새들은 없단다. 네가 독수리에게 더 많은 투자를 받기 위해 여기까지 산호약을 찾으러 온 것처럼 말이야. 모두가 숨은 의도를 가지고 있는 거야. 동정심 따위로 네가 가진 무언갈 양보하는 순간, 네 행복과 안전은 사라져버릴 거야. 그저 모르는 척 해버리면 그만인걸."

"하지만 당신은 부모 새들이 보고 싶지 않나요?"

"나도 처음엔 마음이 아파 많이 울었지. 난 이렇게나 마음 약하고 착한 새란다. 하지만 내 형제 새들이 돌보겠다고 했으니 그들이 한 말은 책임져야 하지 않겠어? 내 형제 새들은 나를 더 이상 만나려 하지 않지만 난 오히려 좋단다. 그들이 나를 미워하는 건, 다 그 못난 새들이 나를 질투하기 때문이지."

눈물을 흘리며 스스로를 이미 용서한 펠리컨은 정말로 행복해 보였습니다.

"집오리야, 나는 너보다 훨씬 멋진 집오리를 보았지. 아주 큰 성에서 진귀한 것들을 사 모으는 집오리를 만났단 말이야. 넌 결코 행복한 게 아니야. 모든 새들은 멍청하게도, 이렇게나 엄청난 것들이 세상에 존재하는지도 모르고, 자신들이 행복하다고 착각에 빠져서 산단 말이지. 나를 시기하고 뒤에서 욕하기나 하고 말이야."

어두운 표정의 별 불가사리를 보며 펠리컨이 말했습니다.

"너는 가족도 없이 이렇게 집오리와 떠돌아다니는 불쌍한 불가사리구나."

펠리컨은 우쭐하며 아기 펠리컨들을 제일 잘 보이는 곳에 나란히 앉혀놓고, 가장 화려한 보석들을 목에 걸어주었습니다. 아기 펠리컨들은 무거워서 버거워했지만, 펠리컨은 개의치 않았습니다. 아기 펠리컨들이 다른 새들로부터 탄성 어린 감탄을 받고, 많은 부모 새들이 자기를 선망하여 따라 하길 바랐습니다.

"보이는 것에 최선을 다하면 새들은 자연스럽게 너를 부러워하게 된단다. 뭐, 동생 새들이 힘들어하는 건 알지만, 나도 참 마음이 아파. 하지만 어쩔 수 없지. 나도 아기 새들과 다른 새들이 부러워하도록 잘살아야 하니 말이야. 나는 이렇게나 마음이 아플 수 있는, 실제로는 아주 여리고 착한 새지, 아무렴!"

펠리컨은 더키를 흘끗 보며 무언가 생각하는 듯하더니 입을 뗐습니다.

"집오리야, 내가 너에게 산호섬으로 가는 입구로 안내해주는 대신, 약속을 해주렴. 나에 대해서 아주 멋진 소문을 내준다고 말이야. 산호섬은 깊은 바닷속에 있어서, 은빛 암초에서 잠수를 해서 들어가야 한단다. 그 암초까지 청둥오리가 가는 방법을 알려줄 거야. 청둥오리는 내가 허락한 새들에게만 은빛 암초의 위치를 가르쳐주지. 어리석은 청둥오리는 날지도 않고 새들을 안내해주는 일이나 하며 산단 말이야."

별 불가사리는 펠리컨의 말을 듣는 내내 표정이 좋지 않았습니다. 펠리컨이 음식을 가지러 잠시 자리를 비운 새, 별 불가사리는 못마땅한 듯 말했습니다.

"저렇게 남 탓만 하는 새도 행복할 수 있군요. 도망치며 스스로를 용서하며 사는 건 아주 쉽죠."

"별아, 펠리컨은 행복하다는 상상에 스스로 빠져버린 게 아닐까? 꾸며내어 보여주는 건 쉽지만, 어려움을 마주하고 성장하는 건 어려워 피하고만 싶거든."

순간 더키는 깜짝 놀랐습니다. 펠리컨이 문 뒤에서 더키와 별 불가사리의 대화를 듣고 있었기 때문입니다. 대화를 들은 펠리컨은 여전히 좋은 매너로 더키에게 음식을 내주었습니다.

"집오리야, 나는 네가 찾는 신비한 산호약을 이미 먹었단다. 내가 행복을 되찾은 건 사실이야. 얄미운 촉새가 내 대신 산호약을 구해 내어 아주 비싸게 나에게 팔긴 했지만 말이야. 네가 원한다면 내가 이 성에서 산호섬으로 가는 빠른 지름길을 직접 알려줄 수 있어."

펠리컨은 여전히 미소를 띤 얼굴로 더키와 별 불가사리를 바라보며 말했습니다.

"내게 행복을 되찾아준 신비한 산호약을 믿지 못하겠다면, 네가 직접 찾아서 독수리에게 가져다주면 되지 않겠니? 내가 직접 가장 빠른 지름길을 알려주지."

성 밖으로 나온 펠리컨은 더키와 별 불가사리가 타고 온 배 근처까지 직접 걸어나갔습니다. 비가 그치지 않아 성 밖은 여전히 쌀쌀하고, 날씨는 유난히 을씨년스러웠습니다. 곧 폭우라도 쏟아질 듯 검은 구름이 하늘에 가득했습니다. 성문 앞에 있던 청둥오리는 놀란 듯 펠리컨과 더키를 쳐다보았지만, 어딘지 불안해 보였습니다.

"북쪽 방향으로 쭉 가다 보면, 머지않아 은빛 암초를 볼 수 있을 거야. 바닷길이 좀 험하지만, 돌아가지 않는 가장 가까운 길이지."

더키는 마음이 몹시도 설렜지만, 한편으로는 불안했습니다. 더키와 별 불가사리는 펠리컨과 불안해 보이는 청둥오리를 뒤로하고 배에 올랐습니다.

"별아, 펠리컨은 정말 산호약을 먹고 마음이 치유된 걸까?"

더키와 별 불가사리의 배는 펠리컨이 가르쳐준 방향으로 빗속을 헤치며, 수많은 암초 사이를 힘겹게 항해했습니다. 검은 구름들 때문에 앞이 잘 보이지 않고, 빗방울은 더더욱 거세졌습니다. 설상가상으로 쏟아지는 폭우와 번개에 더키의 배는 뒤집힐 듯 흔들렸습니다. 가벼운 별 불가사리는 바닷속에 풍덩 빠져버렸습니다.

그 모습을 본 지나가던 퍼핀새는 다급하게 별 불가사리를 배에 건져 올려주었습니다.

"아니, 집오리가 이 위험한 곳까지 나오다니."

"퍼핀새 씨, 저희는 펠리컨이 알려준 은빛 암초를 향해 가고 있어요."

"이 방향이 아닌걸. 너희는 반대 방향으로 갔어야 해. 어서 배를 돌리렴."

더키의 배는 이미 방향을 잃고 이리저리 뒤집힐 듯 흔들릴 뿐이었습니다.

"펠리컨이 잘못된 길을 가르쳐주었구나. 그는 도움이 되지 않을 것 같은 새에게는 은혜를 베풀지 않지. 너는 그에게 밉보였나 보구나."

헤엄을 잘 치는 퍼핀새가 은빛 암초가 있는 방향으로 배를 돌리도록 힘껏 도와줬으나, 거센 파도를 막기에는 역부족이었습니다. 바닷동물들도 몸을 사리기 위해 바닷속 깊은 곳으로 도망치기 시작했습니다.

더키의 배는 햇빛 하나 없는 어두운 바다를 한참을 떠돌았습니다. 끝나지 않을 것 같은 깊은 어둠 속에서, 차가운 냉기가 더키와 별 불가사리를 차디차게 휘감았습니다. 어찌나 배가 흔들리던지 별 불가사리와 더키는 손을 꼭 잡고도 이리저리 정신없이 배의 갑판에 부딪혔습니다.

세 번째 이야기

산호섬의 집오리

#11 별 불가사리의 용기

해가 뜨자 폭우가 멈추고, 더키의 배는 다행히도 아무도 살지 않은 작은 섬에 닿았습니다. 암초 위에 의식을 잃은 더키와 별 불가사리를 누군가가 열심히 흔들어 깨웠습니다.

"집오리야, 집오리야! 정신 좀 차려보렴."

더키와 별 불가사리를 깨운 건 선명한 루비색 불가사리였습니다.

"집오리가 이 먼바다의 외딴섬까지 나오다니? 이게 무슨 일이람?"

더키는 정신이 들자 주위를 둘러봤습니다. 은빛의 작은 바위섬에 루비색 불가사리가 걱정스러운 듯 더키를 바라보고 있었습니다. 더키와 별 불가사리는 바위에 걸터앉아 루비 불가사리가 준 산호색 물을 들이키고 나서야 정신이 맑아지는 듯했습니다.

"정말 감사해요, 루비 불가사리 씨. 저는 제 친구 별 불가사리와 함께 산호섬에 가는 중이었답니다. 새들의 마음의 병을 치유해주는 산호약을 구하기 위해서요. 저는 시간이 많이 없어서 지름길로 오려다가 펠리컨이 잘못된 길을 알려주어, 배가 좌초되어 여기까지 와버렸어요."

별 불가사리는 루비 불가사리의 아름다운 자태에 감탄하여, 더키의 뒤에 숨어 제대로 인사도 하지 못했습니다.

"그런데 이 산호색 물은 무엇인데 이렇게 아름다운 건가요? 정신이 맑아지는 것 같아요."

"그 산호색 물은 내가 산호섬에서 가져온 거란다."

"산호섬이라고요?"

"그래, 여긴 은빛 암초란다. 산호섬으로 향하는 초입구이지. 나는 몸이 약해서 바닷속에서 나와 이곳에 가끔 쉬러 나온단다. 나는 깊은 바닷속 산호섬에서 진귀한 산호돌과 신비한 산호약을 만들지. 각양각색의 불가사리들과 함께 말이야."

더키는 드디어 목적지에 도착했다는 생각에 몹시 흥분되었습니다.

"나는 다시 산호섬으로 들어갈 건데, 내가 너희들을 산호섬으로 데려다줄게. 너희는 원하는 걸 얻기 위해 여기까지 힘들게 왔으니 말이야."

하지만 한 가지 문제가 있었습니다. 더키의 몸은 너무 가벼워서 깊은 바닷속에는 잠수해서 들어갈 수 없다는 것이었습니다. 몸이 너무 가벼워 해수면으로 다시 떠오르고 말기 때문입니다.

"나는 원앙이나 푸른발새처럼 깊은 곳을 들어가지 못하는데, 이를 어쩐담."

별 불가사리는 망설이는 더키를 바라보며 결심한 듯 용기를 내어 말했습니다.

"제가 루비 불가사리 씨와 함께 갔다 올게요. 독수리 씨에게 줄 산호약은 저에게 맡기세요."

"별아, 하지만 너는 몸이 약해서 깊은 바닷속에서는 숨 쉬기 어렵지 않니?"

"잠시 동안은 괜찮아요. 저는 꼭 제가 들어가고 싶어요."

별 불가사리는 루비 불가사리와 함께 깊은 산호섬으로 들어가기 위해 크게 심호흡을 하기 시작했습니다.

"별아, 들어가지 않아도 돼. 우리 다른 방법을 찾아보자."

"아니에요, 집오리 씨. 저는 집오리 씨께 은혜를 갚고 싶어요. 저는 그동안 제가 쓸모없는 불가사리 같았거든요. 저는 당신을 만날 수 있어 운이 너무나도 좋았어요. 이렇게 굉장한 여행을 할 수 있게 된 건 다 집오리 씨 덕분이었어요."

바닷속에 발을 담근 별 불가사리의 작은 몸이 오들오들 떨렸습니다. 별 불가사리의 가슴팍에 박힌 노란 별들까지도 오들오들 떨리는 것 같았습니다.

"그리고 저는 산호돌도 꼭 구해야 해요. 제가 어려서 굶주릴 때 핑크 불가사리 씨가 저의 먹이를 챙겨주었거든요."

별 불가사리는 산호약을 넣어올 조개 지갑을 꼭 손에 쥐었습니다.

"제가 살던 해변의 빈 배에서는 흠뻑 비를 맞아도 아무도 위로해주지 않는 날이 대부분이었어요. 저는 너무 텅 비어버려서, 그 어떤 사소한 일에도 쉽게 다쳤답니다. 그런데 여행을 하면서 제 마음이 보석 같은 경험으로 가득 채워졌어요. 이젠 어떤 날카로운 것에도 베이지 않아요. 봐봐요, 저는 엄청난 폭우 속에서도 다치지 않았어요."

의기양양하게 두 팔을 쭉 펼친 별 불가사리의 몸에는, 떠나올 때와는 달리 정말로 아무런 상처가 없었습니다.

"집오리 씨와 항해하며 밤새 얘기하며, 예쁜 경험들로 풍만해지는 하루를 보낼 수 있어 매일매일 감사했어요. 당신은 제가 묻는 말에, 한 번도 저를 귀찮아하지 않고 늘 상냥하게 대답해줬어요. 석양이 질 때면 당신이 배에서 내려 별사탕을 저에게 먹이로 물어다 주었잖아요. 전 항해를 하면서 단 한순간도 배가 고팠던 적이 없어요. 이제

는 제가 당신을 도와줄 차례죠."

더키는 별 불가사리의 손을 꼭 잡아주었습니다.

"저를 믿어주는 존재가 하나만 있어도 저는 힘을 낼 수 있어요. 혼자서는 아무 힘도 나지 않았을 거예요. 두려움이 나를 시험한다는 건 멋진 기회인 거예요. 아무것도 두렵지 않은 삶은 무의미한 거예요."

별 불가사리의 몸은 심하게 떨렸지만, 루비 불가사리의 손을 꼭 잡고 그가 이끄는 방향으로 순식간에 깊은 바닷속으로 빠져들어갔습니다.

#12 스스로 낙원을 만드는 불가사리들

별 불가사리는 루비 불가사리와 함께 끝없이 깊은 바닷속으로 들어갔습니다. 한참을 들어가 해저가 보이는 순간, 점점 바닷속이 밝아지면서 놀라운 광경이 펼쳐졌습니다. 원앙이 더키에게 보내준 편지에서처럼, 색색의 불가사리들이 아름다운 산호초들 속에서 무언가를 열심히 만들고 있었습니다. 각양각색의 불가사리들은 모두 다른 종류의 불가사리들이었습니다. 별 불가사리의 얼굴은 매우 상기되었습니다. 소문으로만 듣던 산호섬에는 청록색 불가사리, 검은 불가사리, 노란 불가사리, 산세베리아꽃처럼 화려하게 붉은 불가사리 등 태어나서 처음 보는 불가사리들이 모여 있었습니다.

"여행가 소라게 씨가 말해준 적 있어요. 버려진 각양각색의 불가사리들이 모여 만든 아름다운 마을이 있다고요! 여기가 바로 그곳이군요!"

루비 불가사리는 별 불가사리를 다른 불가사리들에게 소개해주었습니다. 산호섬에서 작은 마을을 이루며 살고 있는 불가사리들은 모습과 색은 달랐지만 사이가 아주 좋았습니다. 그리고 어떤 바다 동물보다 열심히 일하며 산호돌과 산호약을 만들어내며 뿌듯해 하였습니다.

불가사리들은 색색의 산호초를 조약돌에 정교하게 물들여 오로라 빛으로 빛나는, 아름다운 무늬를 가진 산호돌을 만들어내고 있었는데, 수많은 색으로 영원히 빛나는 진귀한 산호돌을 보자 별 불가사리의 심장이 마구 뛰기 시작했습니다.

형형색색의 산호초를 잘게 조각 내어 작은 유리병에 담아놓은, 세상의 모든 색들을 모아놓은 것 같은 산호약은 또 얼마나 아름다운지, 별 불가사리는 넋을 잃고 바라보았습니다.

별 불가사리는 루비 불가사리에게 작은 병에 담긴 산호약을 받아, 들고 온 조개 지갑에 조심스럽게 넣었습니다. 그러고는 루비 불가사리의 손을 잡고 다시 은빛 암초섬으로 열심히 헤엄쳐 올라갔습니다.

숨을 헐떡대는 별 불가사리를 루비 불가사리가 손을 잡고 암초 위로

끌어올려 주었습니다. 뜨거운 햇살 속에서 한참을 기다리던 더키는 별 불가사리의 모습이 보이자 안도의 숨을 내쉬었습니다.

"별아, 괜찮니? 네 얼굴이 아주 상기되었는걸? 숨이 많이 찬가 보구나."

별 불가사리는 헐떡이는 숨을 다잡고 조개 지갑을 더키의 날개에 쥐여주었습니다. 더키는 상처 하나 없이 돌아온 별 불가사리가 대견스러웠습니다. 마침내 산호약을 본 더키는 뛸 듯이 기뻤습니다.

"드디어 내가 산호약을 구했어! 독수리 씨는 다시 예전처럼 행복해질 수 있을 거야. 별아, 정말 너무 고마워! 이제 배를 타고 다시 우리의 따뜻한 해변으로 돌아가자!"

하늘을 날아오를 듯 이리저리 뛰어다니며 한참을 기뻐하는 더키를 보며, 루비 불가사리의 표정은 썩 좋지 않았습니다. 더키는 다시 빈 배에 올라 돌아가기 위한 항해를 준비하기 시작했습니다.

그런 더키를 보며, 루비 불가사리는 무언가 할 말이 있는 듯 한참을 망설이다가 입을 뗐습니다.

"집오리야, 그 산호약을 가져가는 건 의미가 없을 거야…."

루비 불가사리의 말에 더키는 놀라서 되물었습니다.

"그게 무슨 말인가요, 루비 불가사리 씨? 이건 새들의 마음을 치유해주는 신비한 산호약이 아닌가요?"

"우리는 비밀을 지켜야 하지만, 너에게만 알려주는 거란다…."

루비 불가사리는 혹시라도 누가 들을까 봐 아주 낮은 목소리로 조용히 말했습니다.

"산호약은 그저 색깔이 오로라처럼 아름다운 바닷물일 뿐이란다. 그 산호약은 아주 잠깐의 효과가 있을 뿐이야. 몇 시간도 안 되어 사라져버리지.

바닷새들은 여행을 떠나오며 억지로 아주 많은 햇빛 속을 날아다니고, 용기를 내어 바다에 뛰어들면서 마음이 조금씩 치유된 거야. 그렇지만 그들은 산호약을 먹고 치유되었다고 착각하게 되는 거란다. 산호약을 찾아나선 모험 동안, 그 오랜 기간 희망을 먹고 자란 새들의 심장이 어느샌가 강해져버린 것뿐이야. 억지로 새로운 경험을 하며 다른 새가 된 것일 뿐, 산호약을 먹어서 용기 있는 새가 된 게 아니란다. 그들은 '하늘색 거짓말'에 속은 거란다."

루비 불가사리의 말에 더키는 크게 실망했습니다.

"다시 행복해질 수 있다는 희망과 상상이 새로운 새가 될 수 있게 만든 것뿐이야. 네가 걱정하지 않아도 독수리는 아마 스스로 언젠가, 이곳으로 여행을 떠날 결심을 하게 될 거란다. 그는 아주 똑똑한 새이니까 말이야."

더키는 망연자실한 채 바위 위에 털썩 주저앉고 말았습니다. 이렇게 빈손으로 돌아갈 생각을 하니 이 긴 여행이 너무 허탈하게 느껴졌습니다. 그런데 이상하게도 별 불가사리는 몹시 밝은 표정이었습니다. 그리고 별 불가사리의 손에는 산호돌이 쥐어져 있지 않았습니다.

"별아, 이제 우리는 돌아가야 해. 그런데 너는 산호돌을 가지고 싶어하지 않았니?"

"집오리 씨, 당신께 할 말이 있어요."

별 불가사리의 표정은 비장해 보였습니다. 동시에 두려움과 환희에 가득 차 보였습니다.

"여행가 소라게 씨가 말해준 적이 있어요. 버려진 불가사리들이 모여 서로의 가족이 되어 열심히 일하며 살고 있는 마을이 있다고요. 불가사리들은 종류별로 모여 살기 때문에, 무리에서 버려지면 혼자 살아야 하거든요. 그런데 이 버려진 불가사리들이 그 어떤 종류도 상관없이 모여 사는 마을이 산호섬이었어요! 저는 이 마을에 머물며 가장 아름다운 산호돌과 산호약을 만들며 살고 싶어요."

"별아, 그게 무슨 얘기니?"

"처음엔 산호약을 먹고 행복을 다시 찾은 후 해변에 돌아올 생각이었지만, 저는 이제 혼자 해변에 남아 밤새 어두운 밤에 희망을 그리며 사는 삶이 더 이상 의미 없다고 생각하게 되었어요. 혼자 해변에서 멍하니 바다를 바라보며 가족들이 돌아오는 상상만 하는 삶 속에서는 행복해질 수 없다는 걸요.

사실 저는 제 잃어버린 행복을 찾기 위해 당신과 여행을 떠나왔어요. 용기 내어 당신과 여행을 떠나지 않았다면, 이 많은 화창한 행복을 몰랐을 거예요. 저는 이제 아주 멋진 목표가 생겼어요.

깊은 바닷속에 오래 머물 수 없어 애초에 도망칠 수 없는 운명의 불가사리로 태어난 건, 어떤 의미가 있는 게 아닐까요? 어쩌면 가장 책임감 있는 불가사리가 되라는 의미일지도 몰라요. 비록 짧더라도 눈부신 행복을 만들 책임이요. 저는 이제 핑크 불가사리 씨께 줄 가장 아름다운 산호돌을 만들 거예요. 산산이 깨어진 마음의 조각들을 모아 붙여서 저만의 가장 아름다운 무언가를 만들 거예요. 그건 제 삶의 아주 멋진 성취가 될 거라고요."

"하지만 여행을 떠난 너의 가족은 어떡하고? 너는 그들을 기다려야 하지 않니?"

"집오리 씨, 사실 저는 버려진 불가사리예요. 제 가족들은 펠리컨처럼 저를 버린 그들의 행동을 스스로 용서해버리고 말았어요. 스스로 죄책감을 느끼지 않게 말이에요. 그래서 저는 그들을 더 이상 만날 수 없답니다. 그들은 여행가 소라게 씨도 찾을 수 없을 만큼 깊은 바닷속으로 들어갔으니까요…."

더키는 별 불가사리의 말을 조용히 들어주었습니다.

"어떤 때는 해변의 따뜻한 햇살마저 아픈 날이 있거든요. 그럴 때마다 세상은 늘 혼자인 저에게 친절하기만 했어요. 늘 바닷가에서 저에게 밝고 행복하게 인사하던 바다거북 씨도, 저를 기억하며 제가 사는 빈 배로 당신을 보내준 핑크 불가사리 씨도, 저희 가족을 찾지 못했지만 저를 위해 불가사리 마을을 여행한 여행가 소라게 씨도, 석양이 질 때 저를 보러 찾아와 노래를 불러주던 혹등고래 씨도. 모두 저에게 친절했어요.

어떤 기억은 평생을 살게 하거든요. 저는 집오리 씨와 함께, 수많은 바다 동물을 만나면서 여행하며 겪은 이야기가 너무 좋아요. 모든 게 용서될 만큼요. 이제 저는 제 잃어버린 행복을 스스로 다시 찾을 거예요. 저의 희망은 다시 화창한 날의 무지갯빛이 될 거예요."

새로운 꿈을 발견한 별 불가사리는 그 어느 때보다도 얼굴에 생기가 돌았습니다.

#13 잃어버린 행복을 찾아서

별 불가사리는 빈 배에서 짐을 챙기기 시작했습니다. 루비 불가사리와 함께 산호섬에서 살기로 결심한 별 불가사리는 아주 단호해서 더키가 말릴 수조차 없었습니다.

"빈 배에 혼자 남겨진 처음엔, 배가 너무 고파서 슬픔도 외로움도 느낄 겨를이 없었거든요. 매일 핑크 불가사리 씨, 여행가 소라게 씨가 조금씩 가져다주는 음식을 먹고, 조금 더 시간이 지나서는 얕은 바다에서 하루 종일 별사탕을 줍기도 했어요. 그런데 배고픔이 없어진다고 해서 행복해지는 건 아니었어요. 하루 종일 사냥을 하지 않아도 될 만큼 요령이 생기자, 저는 여행을 떠난 제 가족에 대해서 많은 생각을 하게 됐어요.

어느 날은 꼭 제가 존재한 적도 없이 지나가는 것 같은 하루가 있어요. 아무도 나를 그리워하지 않고, 찾지 않고, 부르지 않고, 발견하지 않는. 그런 하루엔 그저 마치 난 사실 세상에 존재하지 않는 그림자 같은 게 아닐까 착각에 빠지곤 했어요. 그래서 저는 반짝이는 별이 되어 모두가 저를 바라봤으면 좋겠다고 생각했어요. 잊히지 않도록요. 매순간 영원히 기억되고 보여지고 존재하는 것처럼 느껴지고 싶어요."

"내가 너를 기억하기 위해 너에 대한 많은 글을 써줄게. 푸른발새에게 부탁해 너를 그려줄 수도 있단다."

더키는 별 불가사리가 오랜 시간 혼자 살던 배를 떠날 수 있도록, 짐을 싸는 것을 도와주기 시작했습니다.

"여행을 떠난 그들은 처음에는 곧 돌아오겠다고 했거든요. 그들이 아주 오랜 시간 동안 돌아오지 않아도, 바다를 보며 상상하며 계속 기다리는 게 좋았어요. 저에게 분홍색 희망이 있었을 때는, 어두운 밤하늘에 가득한 노란색 별들을 볼 수 있어 기분이 좋았어요. 제 가족들의 가슴에는 저처럼 노란색 별들이 박혀 있거든요.

그들이 돌아오지 않는 하루가 반복되어도, 언젠가부터는 기다리는 것 자체가 좋았어요. 아무것도 보이지 않는 어두운 바다에 분홍빛으로 빛나는 희망을 그려보곤 했어요. 가족들이 돌아오는 장면을

요. 가장 화려하게 그들이 돌아오는 길을 축복해줄 생각이었어요. 매일매일 무슨 말을 하면서 반겨줄까, 어떻게 그동안의 이야기들을 모두 해줄까. 상상만 해도 즐거웠어요. 때로는 내가 기다리는 곳이 잘못된 건 아닐까, 빈 배에서 잠시 나와 해변의 모든 정거장에 혼자 나가보기도 했어요.

하지만 많은 시간이 지나, 그들이 이제는 절대 돌아오지 않을 것 같다는 생각이 들었어요. 아마 제가 몸이 약한 별 불가사리라 부담이 되었을 거예요. 평생을 함께하기에요. 처음에는 모랫속으로 깊이 깊이 들어가서 다시는 세상 밖으로 나오고 싶지 않을 정도로 슬펐지만, 점점 슬픔이 상관없어졌어요. 저의 분홍색 희망이 옅어져 색을 잃은 순간, 저는 저의 새로운 행복을 찾아 떠나야 한다는 걸 깨달았어요.

저는 바다거북 씨처럼 기억력이 나쁘지 않거든요. 그래서 해가 지고 별이 뜨는 매일 밤, 모든 순간이 너무 아파요. 내 가족을 닮은 밤하늘의 노란 별들은 하루도 빠짐없이 매일 뜨니까요."

어느새 별 불가사리가 등에 짐을 한가득 멨습니다. 이제 배에는 별 불가사리의 물건은 아무것도 남지 않았습니다.

"저도 바다거북 씨처럼 모든 걸 쉽게 잊고 싶지만, 제 의지와 상관없이 영혼에 새겨진 아픈 기억들은 영원히 지워지지 않을 거예요.

그래서 저는 갈매기 할머니처럼 사랑하는 가족을 이루며, 푸른발새처럼 위대한 성취를 하면서 새로운 행복을 마음에 채우며 살고 싶답니다. 물개와 해파리 씨처럼 함께 두려움 없이 매일매일 부지런히 행복을 발견하면서요. 그럼 언젠가 반짝이는 별이 된 핑크 불가사리 씨처럼 멋있는 불가사리가 될 수 있을 것 같아요.

청둥오리처럼 저 혼자만 안락한 삶은 의미가 없어요. 펠리컨처럼 거창하고 이기적인 행복 또한 제가 원하는 모습은 아니었어요. 저는 춤을 추며 폭우를 지날 수 있는, 그런 강하고 찬란한 삶을 지어내고 싶어요. 멋쟁이 물개 씨가 말한 것처럼, 아픈 모든 기억들이 아름다운 별이 될 때까지 말이에요. 지나온 시간들에 반짝이는 추억의 가루를 잔뜩 뿌리면서요.

제게 일어난 모든 가슴 아픈 일은, 하나의 멋진 이야기가 될 거예요. 저는 의미 없이 검붉게 사라지지 않을 거예요. 매일 깊은 바다와 은빛 암초의 해변을 여행하며, 저만의 행복의 노래를 부를 거예요! 저는 그 어떤 불가사리보다 찬란하게 반짝이는 별이 될 거랍니다."

더키는 한껏 목소리가 커진 별 불가사리를 다치지 않게 조심스럽게 배에서 안아 내렸습니다.

"저는 핑크 불가사리 씨에게 줄 세상에서 가장 아름다운 산호돌을 만드는 최고의 성취를 할 거예요. 핑크 불가사리 씨는 아마 제가 떠나고 나서 깨달았을 거예요. 제가 다시 돌아오지 않을 거라는 걸요. 이 해초줄은 저를 위한 거예요."

더키는 해초줄을 별 불가사리에게 걸어주며, 손을 꼭 잡아주었습니다.

"이렇게 체온이 다른 누군가가 손을 꼭 잡아주면, 살아 있음이 느껴지거든요. 이 여행은 아주 완벽한 선물이었어요."

별 불가사리의 눈에는 눈물이 별처럼 반짝였습니다.

"그동안 모든 것이 정말 감사했어요. 저는 당신을 만나 이 여행을 떠나오게 된 기적을 영원히 잊지 않을 거예요."

"하지만 별아, 넌 깊은 바닷속에서는 오래 살기 힘들지 않니?"

"행복에는 때론 눈부신 희생이 필요하죠. 가끔 루비 불가사리 씨처럼 해변에 나와서 햇빛을 쬐며 휴식을 취하면 괜찮을 거예요."

"별아, 바다제비 씨에게 부탁해서 나에게 소식을 전해줄래? 나는 네가 해변에 다시 돌아오길 기다릴게."

"그럼요. 제 걱정은 하지 말아요. 저도 다 알거든요. 당신의 걱정을 모두 알아요. 하지만 사실 저는 당신의 생각보다 훨씬 강하고 더 똑똑한 불가사리랍니다."

"너를 놔두고 가려니 마음이 너무 아프단다."

"여러 계절이 지나, 제가 원하는 만큼의 소중한 시간이 지나면 당신에게 꼭 편지할게요.

꼭 이별하는 날은 모든 게 아름다워요. 하늘이 분홍빛 희망으로 물들거든요. 항상 모든 게 감사했어요, 집오리 씨."

"나는 이제 홀로 빈 배를 타고 해변에 돌아가야 하는구나…. 독수리가 크게 실망할 거야."

"집오리 씨, 당신은 하늘색 거짓말을 할 수 있다는 걸 잊지 말아요."

"하늘색 거짓말이란 게 도대체 뭐니?"

"누군가를 다시 날 수 있게 하는, 희망의 거짓말이요."

별 불가사리는 수줍게 얼굴을 붉히고는, 이내 두려운 듯 한참을 망설였습니다. 별 불가사리의 몸은 오들오들 떨렸지만, 눈빛은 그 어느 때보다 용감하게 반짝였습니다. 그리고 머지않아 순식간에 바닷속으로 용기 있게 풍덩 뛰어들었습니다. 별 불가사리는 점점 보이지 않는 깊은 바닷속으로 가라앉아, 이내 시야에서 사라져버렸지만, 더키의 귓가에 별 불가사리가 부르는 행복의 노래가 오래도록 들리는 것 같았습니다.

To. 존경하는 독수리 씨 - 긴 여행이 끝났어요

독수리 씨, 저는 펠리컨을 만나 큰 위험에 처하고 말았습니다.
결국 폭풍우를 만나 배가 좌초되고 말았답니다.
저는 결국 깊은 바닷속의 산호약을 찾지 못했어요.
그리고 저와 함께해주던 별 불가사리는 저와 헤어져,
용기를 내어 스스로의 행복을 찾아 떠났답니다.
하지만 독수리 씨, 당신이라면 직접 이 산호약을 찾을 수 있다고
저는 믿어요. 수많은 똑똑하고 용감한 새들이 그랬듯이요.
누구도 당신처럼 멋있는 날개를 가지지 않았지만,
다른 새들은 모두 성공했답니다.
당신은 누구보다 가장 똑똑하고 성공한 새이니,
당신이 다른 새들이 이루어낸 일을 못 할 리가 없어요.
당신에게 제가 여행하며 만든 산호섬의 지도를 보냅니다.

From. 산호약을 구해오지 못해 죄송한 더키 드림

에필로그

1. 하늘색 거짓말
- Sky Blue Wings of a Beautiful Lie

다시 고향의 해변으로 돌아온 더키는 종종 신비한 산호약을 먹고 마음의 병이 치유된 새들의 소식을 들을 때면, 다른 불가사리들과 함께 깊은 바닷속에서 산호돌과 산호약을 열심히 만들고 있을 별 불가사리를 떠올렸습니다.

더키는 여행 이후 조금 더 부지런하고 친절한 오리가 되었습니다. 아침 일찍 일어나 해변에서 매일 마주치는 바다 동물들에게 다정하게 인사하고, 반복되는 일상의 작은 일 하나하나에 충실하며 하루를 보냈습니다.

펠리컨의 말대로, 여행에서 돌아온 더키는 더 유명해져 있었고, 세상의 많은 새들은 최고의 장면과 잃어버린 행복에 대해 더키에게

조언을 구하기 위해 무수히 많은 편지를 보냈습니다. 더키는 매일 반복되는 해변의 평화로운 삶으로 돌아왔지만, 산호약을 찾기 위한 여행을 다녀오기 전과는 달리, 다양한 종류의 소중한 행복들이 눈에 들어왔습니다.

더키는 오랜만에 해변의 작은 유채꽃밭에 가서 어린 호박벌을 만났습니다. 유채꽃밭에서 재잘대며 놀던 어린 호박벌은 더키가 돌아오자 매우 반가워했습니다. 가장 작고 가장 어린 호박벌은 여전히 다른 호박벌의 반밖에 날지 못해 유채꽃밭을 홀로 떠나지 못하고 같은 자리를 맴돌고 있었습니다. 어린 호박벌은 유채꽃 꿀을 더키에게 선물하며 그동안 해변에 있었던 많은 일들을 알려주었습니다.

"세상에, 그동안 해변에 얼마나 재밌는 일이 많았는데요! 비록 제 친구 호박벌들은 모두 높이 날게 되어 또 다른 꽃밭으로 떠나게 되었지만요. 그래도 많은 바다 동물들이 제 말동무가 되어준답니다!"

더키는 해변을 떠날 때 핑크 불가사리가 더키에게 주었던 조개지갑을 날개 속에서 꺼냈습니다. 조개 지갑을 열자, 별 불가사리가 산호섬에서 가져온 산호약이 들어 있었습니다.

"이건 내가 구해 온 바닷속 신비한 산호약이란다. 이건 네 마음의 두려움을 치료해줄 거란다. 넌 높이 날 수 있게 될 거야."

"집오리 씨, 이 진귀한 걸 제가 마셔도 되는 건가요?"

"그럼! 네가 나에게 너의 가장 소중한 꿀을 대가 없이 준 것에 대한 나의 선물이야."

뛸 듯이 기뻐하던 어린 호박벌이 아름다운 산호약을 모두 들이키고 나자, 너무 흥분한 나머지 힘차게 수백 번의 날개짓을 하며 높게 하늘로 날아올랐습니다.

"집오리 씨! 제가 이렇게 높이 날 수 있게 되다니요!"

어린 호박벌은 아주 오래도록, 그 어떤 호박벌보다 높은 하늘을 날아다녔습니다.

"집오리 씨! 저는 세상에서 가장 높이 날아오른 호박벌이에요! 저는 정말 세상에서 가장 행복한 호박벌이에요!"

2. 여전히 꿈을 꾸는 바다거북, 아니 어쩌면 영원히
   - The Eternal Dream of a Sea Turtle

바다거북은 오늘도 바닷속 깊은 곳에서 색색의 물고기를 만나고, 수면 위로 솟아오르는 바다 여행을 했습니다. 몹시 지치고 힘들었지만, 해저에서 해수면까지 힘껏 날아오르는 순간, 바다거북은 마치 하늘을 비행하는 것 같았습니다. 우연히 지나가던 코리슴새가 이 광경을 목격했습니다.

"아니, 너는 어째서 우리보다 빠르게 바닷속을 비행하는 거니?"
바다거북은 코리슴새의 말을 듣고 뛸 듯이 기뻤습니다.
"내가 비행을 한다고?"
"그래, 우리는 바닷속 깊은 곳을 자유롭게 비행하며 수면 위로 떠올라 하늘도 비행하는 코리슴새라고 해. 너는 아주 멋지게 바다를

비행하는걸? 우리 같은 바닷새가 아닌 바다 동물이 이렇게 빨리 비행하는 건 아주 드문 일이야."

바다거북의 눈은 어느 때보다 별처럼 반짝였습니다. 바다거북은 한참이나 코리슴새 무리와 바다를 비행했습니다.

"그래, 나의 바보 같은 착각이 아니었어! 나의 꿈이 매일매일 이루어지고 있는 거라고!"

4. 무한한 슬픔의 바다를 행복하게 떠다니는 해파리
- A Jellyfish happily Adrift in the Sea of Sorrow

이야기꾼 해파리는 처음 만났을 때보다 부쩍 야윈 멋쟁이 물개 때문에 걱정이 많았습니다.

"물개야, 너의 가방을 내게 주렴. 너는 잠시 쉬어가는 게 좋겠어."

"해파리야, 네가 가방을 절대 열어보지 않겠다고 약속하면! 사실 너에게 줄 작은 비밀 선물을 넣어놨거든."

해파리는 물개의 큰 보물 가방을 대신 메었습니다. 바다에는 어느새 비가 내리고, 어두운 구름이 몰려오기 시작했습니다.

"해파리야, 난 우리가 늘 배부르고 따뜻했으면 좋겠어."

"그래, 물개야. 나를 믿으렴. 나는 깊은 어둠을 지나더라도, 결국 늘 가장 밝은 곳에서 무지개를 찾아내고야 말거든. 우리가 함께 춤추며 어둠을 지날 줄 안다면, 그 어떤 추운 바다도 조금도 춥지 않은 거지. 우리의 이야기는 언제나 재밌을 거야."

"해파리야, 난 아파도 너와 춤을 출 거야. 행복하지 않아도 말이야. 폭풍우가 몰아치는 가장 추운 바다를 지나야 한다고 해도. 해파리야, 난 우리의 삶이 가장 영광스러웠어."

해파리는 유난히 지쳐 보이는 물개의 손을 꼭 잡았습니다.

"물개야, 좋은 생각이 있어. 네가 아플 때마다 쉬어갈 수 있는 우리의 따뜻한 집을 짓는 거야. 어때?"

"멋진 생각이야! 하지만 우리의 집은 또 금방 강한 파도에 휩쓸려 버릴걸?"

"그렇겠지…? 물개야, 내가 너에게 멋지고 튼튼한 집을 지어주지 못해서 늘 미안해."

"나는 아파도 이렇게 너와 떠다니는 게 너무나도 좋은걸? 하지만 너의 따뜻한 말을 영원히 기억해둘게. 그 기억만으로도 오래오래 따뜻할 것 같아. 우리가 목적지 없이 영원히 떠돌아다닌대도, 넌 내가 돌아가야 할 집 그 자체니까. 난 조금도 혼란스럽지 않아서 좋단다."

"하지만 물개야, 우리의 결핍이 영원한 건 좋지만, 너를 잃는 상실은 아주 뜨겁게 아프겠지."

"그 뜨거움이 따뜻해질 때쯤, 그 기억을 연료 삼아 바다를 떠다니는 거야. 지금처럼 아주 차가운 바다의 어둠을 오래오래 지나더라도, 넌 영원히 춥지 않을 거야."

"물개야, 나는 갑자기 힘이 마구마구 나는걸? 우리 함께 이 폭우 소리에 맞춰 춤을 추자!"

"좋아, 멋진 생각이야. 선글라스가 필요하겠군!"

5. 원하는 만큼의 수많은 계절이 지나
- 잃어버린 행복을 찾아서 (1)

To. 친애하는 더키 씨

집오리 씨, 제가 말했잖아요. 저의 최고의 장면은 바로 오늘이에요.

떠나지 않았다면 전 반짝이는 별이 될 수 없었을 거예요.

저는 너무나도 사랑하는 산호섬의 동료 불가사리들과 함께,

세상에서 가장 멋진 산호돌을 만드는 위대한 성취를 했답니다.

저는 정말 멋진 별 불가사리의 삶을 살았어요. 가장 아름다운

이 진귀한 산호돌을 꼭 핑크 불가사리 씨에게 전달해줄게요.

그와 아기 불가사리가 될 듯이 좋아할 거예요.

집오리 씨, 저는 이제 곧 그 어떤 불가사리보다 찬란하게 반짝이는

별이 될 거예요. 저는 세상에서 가장 행복한 불가사리예요.

집오리 씨의 영원한 행복을 바라며….

From. 별이 드림